pocket**book**

Рэй БРЭДБЕРИ

Канун дня всех святых

Москва
2023

УДК 821.111-31(73)
ББК 84(7Сое)-44
    Б89

Ray Bradbury
THE HALLOWEEN TREE

© 1972, renewed 2000 by Ray Bradbury

Ray Bradbury trademark used with the permission of
Ray Bradbury Literary Works LLC

Перевод с английского *Арама Оганяна*

В оформлении обложки использована иллюстрация:
Ellerslie / Shutterstock.com
Используется по лицензии от Shutterstock.com

Брэдбери, Рэй.
Б89   Канун дня всех святых / Рэй Брэдбери ; [перевод с английского А. Оганяна]. — Москва : Эксмо, 2023. — 192 с.

ISBN 978-5-04-168142-5

Такого дерева вы не видели никогда в жизни. Оно достигает вершиной небес, и растут на нем тыквы всех форм, размеров и цветов. Возле этого дерева вы встречаете странного господина по имени мистер Смерч, и он увлекает вас в чудесное путешествие, из которого вы вернетесь совсем другим человеком — если вернетесь...

УДК 821.111-31(73)
ББК 84(7Сое)-44

ISBN 978-5-04-168142-5

© Оганян А., перевод на русский язык, 2023
© Издание на русском языке, оформление.
ООО «Издательство «Эксмо», 2023

Хэллоуин — День Всех Святых.

Тихой сапой, крадучись, на цыпочках, тайком.

Но почему? Для чего? Каким образом! Кто? Когда! Где всё это началось?

— Ты не знаешь, не так ли? — спрашивает Карапакс Клавикула Саван-де-Саркофаг, вылезая из вороха листьев под Древом Хэллоуина. — Конечно, не знаешь!

— Н-ну, — отвечает Том Скелет, — гм... не знаю.

Это началось...

В Египте, четыре тысячи лет тому назад, на годовщину великой погибели Солнца?

Или на миллион лет раньше, в отблесках ночных костров троглодитов?

Или при друидах, в Британии, под сссссвисссст и ссссскрежжжет косы Самайна?

Или в гуще ведьмаков, по всей Европе... среди сонма ворожей, чертовых перечниц, магов, демонов да дьяволов?

Или в небе Парижа, где окаменели зловещие создания и превратились в горгулий собора Нотр-Дам?

Или в Мексике на кладбищах, переполненных огнями свечей и сахарными человечками в День мертвых — El Dia de los Muertos?

Или где-то *еще*?

Тыквы, ухмыляясь, тысячами зыркнули с Древа Хэллоуина, и вдвое больше вырезанных глазищ вспыхнули, подмигнули и зажмурились при виде Савана-де-Саркофага, возглавляющего мальчишечью ватагу из восьми... нет, девяти (а где Пипкин?) пакостников — охотников за сладостями, чтобы отправиться в странствие на взмывающей листве, на помеле и реющем воздушном змее, дабы узнать тайну Дня Всех Святых.

И они ее узнают.

— Ну, — спрашивает Саван-де-Саркофаг в конце пути, — что это было? Пакости или сладости?

— И то и другое! — соглашаются все.

И вы бы согласились.

Рэй БРЭДБЕРИ

Мадам Маньха Гарро-Домбазль!

Вам — с любовью, на память о нашей встрече двадцать семь лет тому назад, однажды в полночь на кладбище острова Ханицио на мексиканском озере Пацукаро, которую я вспоминаю каждый год в День поминовения усопших.

Глава 1

Это случилось в городишке на берегу речушки неподалеку от озерца в уютном местечке на севере штата на Среднем Западе. Нельзя сказать, что природа заслоняла собой город, впрочем, и город не мешал созерцанию и осязанию природы. Город густо зарос деревьями. Травы и цветы увяли и пожухли с наступлением осени. А еще повсюду торчали ограды, чтобы ходить по ним, балансируя, и тротуары, чтобы кататься на роликах, и большой овраг, чтобы бросаться в него очертя голову и орать что есть мочи. А еще город кишел...

Мальчишками.

И близился вечер Хэллоуина.

И все дома захлопнулись, спасаясь от холодного ветра.

И хладное солнце освещало город.

И вдруг дневной свет померк.

Из-под каждого дерева и сарая выползла ночь.

За дверями всех домов — мышиная возня, сдавленные крики, быстрое мельтешение огоньков.

За одной такой дверью замер и прислушался тринадцатилетний Том Скелтон.

Ветер на улице вил себе гнезда на каждом дереве, шнырял по тротуарам, оставляя незаметные следы, словно кот-невидимка.

Том Скелтон поежился. Ветер той ночью дул иначе, и тьма ощущалась по-особому, а как же, ведь наступил канун Дня Всех Святых. Могло померещиться, будто все вокруг выкроено из мягкого черного, или золотистого, или оранжевого бархата. Дымки клубились из тысячи труб, словно шлейфы за похоронными процессиями. Из кухонных окон струились два аромата — рубленой тыквы и тыквенного пирога.

Чем больше мальчишечьих теней проносилось под окнами, тем истошнее становились крики за запертыми дверями — полуодетые мальчуганы — щеки измазаны гримом; вот горбун, вон великан... среднего роста. Перерыты чердаки, взломаны старые замки, древние сундуки выпотрошены в поисках костюмов.

Том Скелтон напялил свои кости.

Он ухмыльнулся, взглянув на позвоночник, грудную клетку, белеющие коленные чашечки, пришитые на черный хлопок.

Повезло мне! Подумал он. Какое имечко! Том Скелтон. Для Хэллоуина лучше не придумаешь! Все тебя кличут — Скеле́т! Что же остается надеть?

Кости.

Бабах. Восемь дверей громыхнули и захлопнулись.

Восемь мальчишек великолепно перемахнули через цветочные горшки, перила, увядшие папоротники, кусты, приземляясь на задубевшие, словно накрахмаленные, лужайки. Пытаясь урвать на скаку напо-

Канун Дня Всех Святых

следок простыню, прилаживая последнюю маску, напяливая странные грибные шляпки или парики, крича в восторге от того, как ветер подхватывал их, подталкивая на бегу, или изрыгая мальчишечьи проклятия, когда маски слетали, или съезжали набок, или забивали ноздри запахом подкладки, словно горячим песьим дыханием. Или просто исторгали восторг от осознания своего существования и на свободе в эту ночь раздували легкие и надрывали глотки, чтобы вопить, вопить... вопиииить!

Восемь мальчишек налетели друг на друга на перекрестке.

— А вот и я — Ведьмак!

— Пещерный человек!

— Скелет! — с наслаждением выпалил Том в костюме из костей.

— Горгулья!

— Попрошайка!

— Смерть собственной персоной!

Бум! Они столкнулись, отлетев назад, и с ликованием столпились на углу под уличным фонарем, который отплясывал на ветру, звоня, словно церковный колокол.

Кирпичи мостовой превратились в палубу пьяного корабля, который раскачивался, зачерпывая то свет, то тьму.

Под каждой маской — мальчик.

— Ты кто? — ткнул пальцем Том Скелтон.

— Не скажу. Секрет! — завизжал Ведьмак неузнаваемым голосом.

Все захохотали.

— Ты кто?

— Мумия! — гаркнул мальчик, под пеленой древнего пожелтевшего савана, словно гигантская сигара, бредущая по ночным улицам.

— А кто?..

— Некогда! — отрезал Некто под покровом очередной тайны из марли и краски. — Пакости или сладости!

— Дааааа! — С завыванием и гоготом предвестников смерти — банши — они понеслись, избегая тротуаров, взлетая над кустарником и сваливаясь на головы скулящих собак.

Но внезапно в разгар беготни, хохота и тявканья их остановила могучая десница ночи и ветра, и они замерли, учуяв что-то неладное.

— Шесть, семь, восемь.
— Не может быть! Пересчитай.
— Четыре, пять, шесть...
— Нас должно быть девять! Кого-то не хватает!

Они обнюхали друг друга, как боязливые зверушки.

— Пипкина нет!

Как они догадались? Ведь они скрывались под масками. И все же, все же...

Они *ощущали* его отсутствие.

— Пипкин! Он бы ни за что не пропустил Хэллоуин. Ну и ну! Жуть! Ходу!

Сделав широкий разворот, они как один припустились мелкой рысцой и, описав круг, потопали по середине улицы, мощенной булыжником и кирпичом, подгоняемые, как листва перед бурей.

— Вот его дом!

Они встали как вкопанные. Дом Пипкина, но в окнах что-то маловато тыкв, не хватает кукурузных снопов на веранде, призраки не таращатся сверху сквозь темные стекла комнаты в башенке.

— Вот те на, — сказал кто-то, — а что, если Пипкин заболел?

— Какой же Хэллоуин без Пипкина?

— Никакой не Хэллоуин, — застонали они.

И кто-то запустил в дверь Пипкина дичком, который отскочил с глухим стуком, словно кроличья барабанная дробь о дерево.

Они подождали, беспричинно опечаленные и озадаченные. Они думали о Пипкине, о Хэллоуине, который грозил превратиться в гнилую тыкву с огарком свечи, если, если, если... с ними не будет Пипкина.

Ну же, Пипкин. Выходи, *спасай* положение!

Глава 2

Почему они ждали, переживая из-за одного маленького мальчугана?

Потому что...

Джо Пипкин слыл самым незаурядным мальчишкой на свете. Кто еще мог так неподражаемо свалиться с дерева и рассмеяться над самим собой? У кого хватило бы благородства на беговой дорожке, чтобы споткнуться и упасть при виде безнадежно отставших товарищей, дождаться, когда они подтянутся, и пересечь финишную ленточку вместе с ними? Кто еще мог с таким азартом облазить все зловещие дома в городе и рассказать про них остальным ребятам, чтобы отправиться ватагой бродить по подвалам и карабкаться по плющу на кирпичные стены, орать в печные трубы, писать с крыш, гикать, улюлюкать и обезьянничать? В день, когда Джо Пипкин появился на свет, со всех бутылок с шипучкой и газировкой сорвало крышки и пчелы жизнерадостно набросились на цветущих сельских девиц. В дни его рождения посреди лета озерная вода выходила из берегов и откатывалась, увлекая за собой волну бултыхающихся мальчишек под громоподобный хохот.

На рассвете, лежа в постели, ты слышал постукивание птичьего клюва в окно. Пипкин.

Окунаешься с головой в утренний воздух лета, прозрачный, как ледниковая вода.

В росе лужайки цепочка кроличьих следов, где мгновение назад не дюжина кроликов, а всего один бегал то кругами, то наискосок, в безудержном восторге перемахивал через заборы, сбивая верхушки папоротников, протаптывая в клевере колеи, словно рельсовые пути на сортировочной. В траве мильон торных тропок, но где же...

Пипкин.

И тут он восставал из сада, словно беспризорный подсолнух, круглолицый, загоревший в свежих солнечных лучах. Его глаза метали искорки азбукой Морзе:

— Живее! А то кончится!

— Что?

— День! Миг! Шесть утра! *Окунайся* в него с головой!

Или же:

— *Лето*! Оглянуться не успеешь, и бац — нет его! Шевелись!

И он нырял в подсолнухи и выныривал среди луковиц.

Пипкин, ах, бесценный Пипкин, самый лучший и восхитительный среди мальчишек.

Как он умудрялся так быстро бегать — уму непостижимо. Тенниски у него обветшали, окрасились зеленью лесов, по которым он носился, побурели во время прошлогодней уборки урожая в сентябре, замарались дегтем от беготни по причалам, где швартовались угольные баржи, пожелтели от собачьих неожиданностей, занозились от лазанья по деревянным заборам. Одежду он заимствовал у огородного чучела и давал поносить на ночь своим собакам для прогулок по городу, после чего на ней оставались обкусанные манжеты и следы падений на седалище.

Шевелюра? Его волосы кинжально щетинились во все стороны, как у дикобраза. Уши — чистейший персиковый пушок. Ладони в рукавицах пыли пропахли эрдельтерьерами, перечной мятой, персиками, уворованными в сельских садах.

Пипкин. Сгусток быстроты, запахов, мускулов, воплощение всех мальчишек, которые когда-либо бегали, падали, вскакивали, снова пускались бежать.

Никто никогда не видел, чтобы он сидел смирно. Никто не мог припомнить, чтобы он просидел в школе на одном месте дольше часа. Он заходил в школу последним и первым вылетал из нее как угорелый со звонком.

Пипкин, милый Пипкин.

Кто еще умел так петь йодлем, дудеть в дудочку-казу́ и ненавидеть девчонок больше всех мальчишек, вместе взятых?

Пипкин — его рука у тебя на плече и повествования заговорщическим шепотком о великих деяниях, совершенных за день, служили оберегом от всего мира.

Пипкин.

Господь вставал спозаранку, чтобы полюбоваться, как Пипкин выходит из дому, словно человечек на флюгере. Там, где Пипкин, там всегда отменная погода.

Пипкин.

Они стояли перед его домом.

Дверь распахнется настежь в любую секунду.

Пипкин выскочит в облаке дыма и пламени.

И вот тогда Хэллоуин начнется ПО-НАСТОЯЩЕМУ!

Ну же, Джо, о-о, Пипкин, шептали они, давай!

Глава 3

Дверь приоткрылась.
Пипкин вышел.

Не вылетел, громыхнув дверью и сотрясая всё вокруг.

А *переступил* порог.

И спустился навстречу друзьям.

Не бегом. И *без* маски! Где маска?

А переставляя ноги, почти по-стариковски.

— Пипкин! — вскричали они, чтобы прогнать свое волнение.

— Привет, банда, привет, — отозвался Пипкин.

Его лицо побледнело. Он попытался улыбнуться, но взгляд у него был настороженный. Он держался за правый бок, словно от боли.

Все посмотрели на его руку. Он отнял ее от бока.

— Ну, — сказал он без особого восторга. — Мы готовы?

— Да, но у *тебя* не слишком готовый вид, — сказал Том. — Ты заболел?

— Это в Хэллоуин? — возмутился Пипкин. — Ты что, шутишь?

— Где твой костюм?..

— Идите вперед, я вас нагоню.

— Нет, Пипкин, мы тебя подождем...

— Идите, — медленно повторил Пипкин с мертвенно-бледным лицом, опять держась за бок.

— У тебя живот болит? — спросил Том. — Ты родителям сказал?

— Нет, нет, нельзя! А то они... — Слезы брызнули из глаз Пипкина. — Это пустяки, говорю же вам. Послушайте. Ступайте в сторону оврага. К Дому с привидениями. Ладно? Там встретимся.

— Поклянись.

— Клянусь. Вы еще моего костюма не видели!

Мальчишки собрались расходиться. Уходя, они брали его за локоть, стукали легонько в грудь или проводили костяшками по подбородку, имитируя потасовку.

— Ладно, Пипкин. Раз ты уверен...

— Уверен. — Он оторвал руку от бока. Лицо на миг приняло такой цвет, словно боль прошла. — На старт! Внимание! Марш!

Стоило только Джо Пипкину сказать: «Марш!» — все сорвались с места.

Побежали.

Полквартала они пробежали задом наперед, чтобы видеть, как Пипкин машет им рукой.

— Поторопись, Пипкин!

— Я догоню! — Закричал он издалека.

Ночь поглотила его.

Они бежали, а когда оглянулись, он исчез.

Они ломились в двери. Орали: «Пакости или сладости!», и бумажные коричневые пакеты стали наполняться сказочными сластями. Они бежали вприпрыжку с губами, запечатанными розовой жвачкой и красным воском, озарявшим их лица.

Канун Дня Всех Святых

Но все, кого они встречали в дверях домов, выглядели двойниками их мам и пап, отлитыми на шоколадной фабрике. Словно они из дому не уходили. Слишком много доброты излучали окна и парадные входы. А им-то хотелось услышать драконий рык из подземелий и стук в крепостные ворота.

И вот, по-прежнему оглядываясь на Пипкина, они достигли окраин города, где цивилизация растворялась в темноте.

Овраг.

Овраг, пересыщенный ночными шумами, ползучими черными чернильными ручьями, тысячелетним томлением огненно-бронзовых листопадов. Бездна порождала грибы и мухоморы, хладных лягушек, речных раков и пауков. Под землей пролегал длинный туннель, куда просачивались отравленные воды, и эхо без устали взывало: «Приди, приди, приди», и если послушаешься, то сгинешь навеки среди капели, шелестов, шепотов, шорохов, и никогда-никогда не ходи, не ходи, не ходи...

Мальчики выстроились на границе тьмы, вглядываясь вниз.

И Том Скелтон, похолодев в своем костюме из костей, издал свист, подобный дуновению ночного ветра сквозь сетку на окне спальни, и показал рукой.

— Эй, послушайте... так вот куда нас послал Пипкин!

Он испарился.

Все взглянули. И узрели крохотную фигурку, летящую по грунтовой тропинке в миллионы тонн ночи, вдавленных в колоссальное ущелье тьмы, мрачное подземелье, чарующе страшный Овраг.

Издав истошный вопль, они нырнули следом за ним.

Их место заняла пустота.

Город остался наедине со своей слащавостью.

Глава 4

Они неслись вниз по Оврагу, не разбирая дороги, хохоча, толкаясь локтями, соударяясь лодыжками, храпя, запыхавшись и задыхаясь, как трудяги, и затормозили, налетев друг на друга, когда Том Скелтон остановился и показал на тропу.

— Вот, — прошептал он, — единственный дом в городе, куда стоит заглянуть в Хэллоуин! Вот!

— Да-а-а! — грянули все в ответ.

В самом деле. Дом был особенный, изысканный, высокий и погруженный во мрак. Должно быть, в его стенах проделали тысячу окон, отражающих холодное мерцание звезд. Казалось, он высечен из черного мрамора, а не срублен из бревен. А изнутри? Как знать, сколько в нем комнат, залов, галерей, чердаков — получше, похуже, повыше, пониже, забитых пылью, паутиной, сухой листвой или золотом, запрятанным над землей, затерянным под небесами, так высоко, что во всем городе не сыщется лестницы, чтобы до него добраться.

Дом зазывал своими башнями. Манил запечатанными дверями. Пиратские корабли будоражат. Древние форты — дар божий. А что же тогда дом с *привидениями* в канун Дня Всех Святых? Восемь сердечек бешено заколотились в предвкушении славы и похвал.

— Вперед.

Но они уже устремились гурьбой по тропинке. Пока не оказались перед обветшалой стеной, задирая головы всё выше и выше, глядя на кровлю старинного дома, напоминавшую большой некрополь. Ибо именно такое впечатление она и производила. Островерхий горный пик особняка, казалось, усеивали черные кости или железные штыри и множество труб для подачи дымовых сигналов из трех дюжин закопченных каминов, сокрытых в мрачных недрах чудовищного дома. При таком изобилии труб крыша казалась большим кладбищем, а каждая труба — гробницей древнего бога огня или заклинательницы пара, дыма и искрящих светляков. Прямо у них на глазах четыре дюжины труб выдохнули жутковатую сажу, еще больше омрачившую небосвод, затмив даже пару-другую звездочек.

— Вот это да, — сказал Том Скелтон, — Пипкин свое дело знает!

— Ничего не скажешь, — согласились все.

Крадучись, они двинулись заросшей тропой к полуразвалившемуся крыльцу.

Том Скелтон в одиночку, сгорая от нетерпения, поставил ногу на первую ступеньку. Остальные, разинув рты, восхищались его смелостью. И вот, обливаясь потом, дрожащие мальчишки плотной толпой поднялись на крыльцо под истошные вопли досок под ногами. Каждому хотелось отшатнуться, повернуть назад и дать стрекача, но их зажимали спереди или сзади. Так, выпуская то одну ложноножку, то другую, амебообразное создание, источая мальчишечий пот, перемещалось перебежками и урывками к парадной двери дома, высокого, как гроб, но вдвое у́же.

Они долго топтались на месте, протягивая руки, словно лапы огромного паука, чтобы повернуть холодную ручку или дотянуться до дверного молотка. А деревянные половицы на крыльце прогибались и раскачивались под ногами, угрожая при каждом смещении веса опрокинуть их в тараканью бездну. Доски, настроенные то на «ля», то на «фа», то на «до», пели свою жутковатую мелодию, стоило шаркнуть по ним тяжелым башмаком. И если бы хватало времени и был бы полдень, они сплясали бы мертвецкий ригодон под покойницкий мотив, иначе кто бы устоял перед древним крыльцом, которое, подобно гигантскому ксилофону, только и мечтало, чтобы на нем попрыгали и сыграли мелодию?

Но они о таком даже не задумывались.

— Смотрите! — вскричал Генри-Хэнк Смит (а это был именно он), сокрытый под костюмом Ведьмака.

И все посмотрели на дверной молоток, к которому тянулась дрожащая рука Тома, чтобы потрогать.

— Молоток с головой Марли!

— Что?

— Ты же знаешь, Скрудж и Марли — «Рождественская песнь»! — прошептал Том.

В самом деле, личина на дверном молотке напоминала лицо человека с ужасной зубной болью, перевязанной челюстью, спутанными волосами, выпавшими зубами, безумным взглядом. Марли, «мертвый, как гвоздь в притолоке», друг Скруджа, обитатель загробного мира, осужденный на вечное скитание по земле до тех пор, пока...

— Постучи, — сказал Генри-Хэнк.

Том Скелтон взялся за холодную и жуткую челюсть старикашки Марли, поднял ее и отпустил.

Все так и подскочили от сотрясения!

Весь дом содрогнулся, загремев костями. Тени исказились, заставив окна распахнуть страшные глаза.

Том Скелтон по-кошачьи вскочил на перила, глядя вверх.

Зловещие флюгеры на крыше завертелись. Двуглавые петухи закрутились на ветру. Горгулья на западном торце здания изрыгнула двойную струю печной пыли. А из длинных змееголовых извивающихся водосточных труб, когда ветер стих и флюгеры замерли, на черную траву высыпались случайные клочки осенних листьев и паутины.

Том обернулся, чтобы взглянуть на едва подрагивающие окна. В стеклах трепетали подсвеченные луной блики, словно косяки перепуганных пескарей. Затем парадная дверь вздрогнула — ручка повернулась, Марли скорчил гримасу — и распахнулась настежь.

Ветер, внезапно поднятый дверью, чуть не сдул мальчиков с крыльца. Они закричали, ухватив друг друга за локти.

Затем засевшая в доме тьма сделала вдох. Сквозь зияющий дверной проем ветер подул внутрь дома, втягивая, заволакивая мальчиков через порог. Им пришлось упираться, чтобы не погрязнуть в глубинах мрачного зала. Они сопротивлялись, кричали, хватались за перила. Но потом ветер улегся.

Во тьме зашевелилась тьма.

Внутри дома издалека к двери шагал некто, должно быть, облаченный во все черное, ибо они ничего не могли разглядеть, кроме реющего в воздухе бледного белого лица.

Зловещая ухмылка приблизилась и зависла перед ними в дверном проеме.

За улыбкой, в тени, скрывался высокий мужчина. Они увидели его глаза — точечки зеленого огня в обугленных лунках глазниц.

— Гм, — сказал Том. — Гм... пакости или сладости?

— Пакости? — промолвила ухмылка во тьме. — Сладости?

— Да, сэр.

Где-то ветер играл на флейте каминной трубы старинную песнь о времени, тьме и дальних краях. Высокий человек захлопнул свою улыбку, словно сверкающее лезвие карманного ножа.

— Никаких сладостей, — ответил он. — Только... пакости!

Дверь загрохотала!

Дом содрогнулся, пролился дождь пыли.

Пыль снова повалила клубами и хлопьями из водосточной трубы, словно нашествие пушистых кошек.

Пылью пахнуло из отворенных окон. Пыль выбивалась из-под половиц под ногами.

Мальчики вытаращились на запертую парадную дверь. Марли на дверном молотке не хмурился, а зловеще усмехался.

— Что он сказал? — спросил Том. — Никаких сладостей, только пакости?

Зайдя за угол, они изумились хаосу звуков, которые издавал дом, — шепотам, шелестам, скрипам, кряхтеньям, стонам и бормотаниям. И ночной ветер позаботился о том, чтобы мальчики всё расслышали. С каждым их шагом большой дом склонялся к ним, тихо стеная.

Они обогнули дальний торец дома и остановились.

Ибо там возвышалось Древо.

И такого Древа они в жизни не видывали.

Оно стояло посреди просторного двора, позади ужасающего дома. И вздымалось в небо на сто футов, превыше самых высоких крыш, могучее, ветвистое, щедро усыпанное красными, бурыми, желтыми осенними листьями.

— А что это, — прошептал Том, — а-а, смотрите, что это там на дереве!

А Древо было увешано тыквами всех форм и размеров, оттенков и полутонов, и дымчато-желтыми, и ярко-оранжевыми.

— Дынное дерево, — предположил кто-то.

— Нет, — возразил Том.

Ветер дул в высоких ветвях, бережно роняя наземь их пестрое бремя.

— Древо Хэллоуина, — сказал Том.

И оказался прав.

Глава 5

На Древе росли не просто тыквы. На каждой был высечен лик. И ни единый лик не повторялся. Одно око чуднее другого. Носы с каждым разом всё отвратнее, ухмылки — чудовищнее.

Высоко, на каждой ветке Древа, должно быть, висела целая тыща тыкв. Тыща усмешек. Тыща скорченных рож. И вдвое больше пронзительных и косых взглядов, подмигиваний и морганий из свежепрорезанных глазниц.

И прямо на глазах у мальчишек произошло кое-что еще.

Тыквы принялись оживать.

Одна за другой, снизу вверх, начиная с ближайших тыкв, во влажных внутренностях стали зажигаться свечи. Сначала эта, потом та, еще и еще, и дальше вверх, и по кругу, три тыквы здесь, семь — повыше, дюжина — гроздью — за ними, сотня, пять сотен, тысячи тыкв воспламенили свечи, озарив свои личины, явили пламя в квадратных, круглых или странно скошенных глазищах. Огонь трепетал в зубастых пастях. Из ушей вылетали искры.

И откуда-то два, три, может, четыре голоса шепотом затянули нараспев что-то вроде старинной матросской песни о времени, о небесах и о Земле, которая поворачивается на другой бок, чтобы уснуть. Водосточные трубы выдували дурман:

Мощное раскидистое Древо...

Голос заструился дымком из трубы на крыше:

Сверкая, заслонило небо...

Из распахнутых окон выплыли паутинки:

Ты никогда не видел исполина
Диковинней, чем Древо Хэллоуина.

Свечи затрепетали и вспыхнули. Из тыквенных ртов ветер подстраивался под песнопение:

> Листва багрово-золотая тлеет,
> Хиреет старый год, трава буреет,
> Но урожай на Древе Хэллоуина —
>   созвездие свечей —
> Подвешен высоко усладой для очей.

Том почувствовал, как его губы задергались, словно мышки, оттого, что ему захотелось запеть:

> Звезды блуждают, свечи сияют,
> Мышками листья шныряют там,
> Где холодные ветры гуляют.
> Россыпь усмешек на Древе горит,
> Тыквами дразнит тебя и манит.
> Усмехается кот и монстр могучий,
> Усмехается ведьма и кровопийца летучий,
> Усмехается, жатву снимая, Старуха с Косой,
> С Древа мерцая усмешкой резной.

Казалось, из губ Тома струится дымок:
— Древо Хэллоуина...
Все мальчишки зашептали:
— Древо... Хэллоуина...

И воцарилась тишина.

И в тишине, по три, по четыре, загорелись последние свечи на Древе Хэллоуина, создав огромные созвездия, вплетенные в черные ветви, и проглядывая сквозь веточки и хрустящую листву.

И Древо превратилось в одну колоссальную Усмешку.

Засветились последние тыквы. Воздух вокруг Древа согрелся словно бабьим летом. Древо выдыхало на них сажу и свежий тыквенный аромат.

— Ну и дела, — сказал Том Скелтон.

— Послушайте, куда мы попали? — спросил Генри-Хэнк, он же Ведьмак. — Сначала дом, потом этот человек — никаких сладостей, одни пакости, а теперь вот?.. Я в жизни такого дерева не видывал. Рождественская елка, только огромная, свечи, тыквы. Что это означает? Что это за праздник?

— Праздник! — промолвил чудовищный шепот, наверное, из закопченных недр печной трубы, а может, все окна в доме разом распахнулись у них за спиной, скользя вверх-вниз, возвещая из темноты: — Да! Праздник! —

прогремел громоподобный шепот, от которого затрепетали свечи в тыквах. — ...Празднество...

Мальчики подскочили на месте.

Но дом оставался недвижим. Окна были заперты и залиты лунным светом.

— Кто последний — Старая Дева! — вскрикнул вдруг Том.

Их дожидался подарок в виде горы листьев оттенка тлеющих угольев и старого золота.

И мальчишки с разбегу ныряли в огромный восхитительный ворох осенних сокровищ.

В тот самый миг, когда они врезались в гору листьев, чтобы всей оравой исчезнуть под ними, крича, визжа, толкаясь, падая, исполинский вздох вызвал сотрясение воздуха. Мальчишки взвизгнули, отпрянули, словно от удара невидимого хлыста.

Ибо из вороха листьев сама собой поднялась бледная костлявая рука.

А вслед за ней, лучезарно улыбаясь, наружу высунулся белый череп.

Отменный пруд из листьев дуба, вяза и тополя, которые полагалось безудержно разбрасывать, утопая в нем, вдруг превратился в самое нежеланное местечко на свете. Ибо бледная костлявая рука витала в воздухе, а перед ними парил белый череп.

И мальчишки отшатнулись, сталкиваясь, исторгая свою панику, и смешались в одну очумелую кучу, попадали на землю, катаясь по траве, чтобы высвободиться, вскочить, убежать.

— На помощь! — закричали они.

— Да, да, на помощь, — вторил им Череп.

Затем под раскаты смеха они оцепенели при виде руки в воздухе, костлявой руки скелета, которая схватила белый череп и принялась вылущивать его слой за слоем!

Мальчики заморгали под своими масками. У них отвисли челюсти, правда, этого никто не видел.

Из листвы восстал огромный человек в черном облачении, становясь все выше и выше. Он рос, как дерево, раскинув руки как ветви. Он стоял на фоне Древа Хэллоуина, его распростертые руки и гирлянды оранжевых огненных шаров и горящих улыбок украшали его длинные белые костлявые пальцы. Глаза — зажмурены от громоподобного хохота. Из разинутого рта дует осенний ветер.

— Никаких сладостей, мальчики, нет, нет, нет, никаких сладостей! Пакости, мальчики, пакости, одни пакости!

Они лежали, думая, что вот сейчас грянет землетрясение. И оно не заставило себя ждать. Гогот долговязого охватил и встряхнул землю. Дрожь пробежала по костям мальчишек, и вылетела из уст, и превратилась в смех!

Они сидели в изумлении посреди разметанной кучи листьев. Прикоснулись к маскам, чтобы ощутить горячий воздух от хохота.

Затем посмотрели вверх на человека, как бы не до конца веря своему изумлению.

— Да, мальчики, это и есть пакость! Забыли? Да вы и не знали никогда!

И, пытаясь сбросить с себя остатки веселья, он прислонился к Древу, на котором затряслась тысяча тыкв, и огоньки свечей закоптили и заплясали.

Согретые смехом, мальчики, облаченные в скелеты, встали, чтобы убедиться, что все цело. Ничего не сломалось. Они стояли стайкой под Древом Хэллоуина в ожидании, догадываясь, что это только начало чего-то нового, диковинного, величественного и изысканного.

— Ну, — сказал Том Скелтон.

— Ну, Том, — сказал человек.

— Том? — вскричали все. — Так это ты?

Том, в маске Скелета, затаил дыхание.

— А может, Боб или Фред, нет, нет, должно быть, Ральф, — предположил человек скороговоркой.

— Все вместе! — С облегчением выпалил Том и хлопнул по маске, возвращая ее на место.

— Да, да, все вместе! — заверили его они.

Человек кивнул, улыбаясь.

— Итак! Теперь вам известно о Хэллоуине такое, чего вы раньше не знали. Как вам понравилась моя пакость?

— Пакость, о да, пакость. — Мальчики загорелись идеей. Она пленила их, прыснув им в кровь немного озорства, и у них забегали искорки в глазах, и зубы обнажились в щенячьем восторге. — Да, так и есть.

— Так вот чем вы занимались во время Хэллоуина? — спросил мальчик Ведьмак.

— И кое-чем в придачу. Но позвольте представиться! Меня зовут Саван-де-Саркофаг. Карапакс Клавикула Саван-де-Саркофаг. Ну как? Вам это ничего не *напоминает*, мальчики?

«О-о, еще как *напоминает*...» — подумали мальчики.

Саван-де-Саркофаг.

— Изысканное имя, — сказал мистер Саван-де-Саркофаг замогильным голосом, словно из-под гулких церковных сводов. — И чудная ночь. Долгая бездонная мрачная безумная история Хэллоуина поджидает вас, чтобы проглотить целиком!

— Проглотить нас?

— Именно! — вскричал Саван-де-Саркофаг. — Посмотрите на себя, парни. Вот почему ты, мальчик, носишь маску Черепа? А ты, мальчик, зачем ходишь с косой? А ты зачем вырядился Ведьмаком? А ты? А ты? А ты? — тыкал он костлявым пальцем в каждую маску. — Вы ведь и сами не знаете? Просто напялили на себя эти образины и старье из нафталина и выскочили наружу. Но что вы о них знаете? А?

— Ну, — сказал Том, дрожа, словно мышка, под своей марлевой маской, белой, как череп. — Гм... ничего.

— Да, — согласился мальчик в костюме Дьявола. — Если призадуматься, зачем я это надел? — Он пощупал свой кроваво-красный плащ, острые резиновые рожки и восхитительные вилы.

— А я — вот, — отозвался Призрак, волоча за собой предлинный белый кладбищенский саван.

И мальчики призадумались, притронулись к своим костюмам и стали заново прилаживать свои маски.

— А как было бы здорово в этом разобраться! — сказал мистер Саван-де-Саркофаг. — Я вам расскажу. Нет, покажу! Хватило бы только времени...

— Сейчас только половина седьмого. Хэллоуин даже не начался! — сказал Том из своего хладного скелета.

— Правильно! — согласился мистер Саван-де-Саркофаг. — Отлично, парни... в путь!

Он зашагал. Они побежали.

На краю глубокого, мрачного, как ночь, Оврага он показал рукой на цепочку холмов, за горизонт, в сторону от лунного света, где тускло мерцали неведомые звезды. Ветер развевал его черный плащ; и наполовину надвинутый капюшон теперь наполовину обнажил его почти бесплотное лицо.

— Вон, видите, парни?
— Что это?
— Неразгаданная страна. Там. Смотрите пристально. Зрите вглубь. Наслаждайтесь. Прошлое, мальчики. Да, Прошлое сумрачно. Населено кошмарами. В Прошлом погребено все, что из себя представляет Хэллоуин. Раскопаем косточки, мальчики? Хватит силенок?

Он прожигал их взглядом.

— Что такое этот Хэллоуин? С чего он начался? Где? Почему? Для чего? Ведьмы, коты, пыль из мумий, призраки. Все это находится в стране, откуда нет возврата. Готовы нырнуть в черный океан, мальчики? Готовы взлететь в темные небеса?

Мальчики сглотнули слюну.

Кто-то пролепетал:

— Мы бы рады, только вот... Пипкин. Нам нужно дождаться Пипкина.

— Да, Пипкин отправил нас к вашему дому. Мы бы без него не добрались.

Словно призванный в то самое мгновение, из далекого уголка Оврага раздался крик.

— Эй! Я здесь! — позвал слабый голос. Они увидели фигурку с освещенной тыквой на том краю Оврага.

— Сюда! — отозвались они хором. — Пипкин! Быстрее!

— Иду! — донесся до них крик. — Мне худо. Но... я не мог не пойти... подождите меня!

Глава 6

Они увидели фигурку, бегущую вниз по тропинке посреди Оврага.

— О-о, подождите, прошу, подождите... — Голос угасал. — Мне плохо. Я не могу бежать. Не могу... не могу...

— Пипкин! — Закричали все, размахивая руками с утеса.

Его тельце уменьшалось, уменьшалось. Всюду мелькали тени. Носились летучие мыши. Кричали совы. На ветвях черной листвой сгрудились ночные во́роны.

Маленький мальчик, бегущий с освещенной тыквой, упал.

— О-о, — охнул Саван-де-Саркофаг.

Тыква погасла.

— А-а, — ахнули все.

— Засвети тыкву, Пип, засвети! — закричал Том.

Кажется, он видел, как маленькая фигура на черной траве пытается чиркнуть спичкой. Но в тот сумеречный миг опустилась ночь. Огромное крыло накрыло бездну. Совы заухали. Мыши разбежались и улизнули в тень. Где-то свершился миллион крошечных убийств.

— Засвети тыкву, Пип!
— Помогите... — стенал скорбный голос.

Тысячи крыльев разлетелись прочь. Где-то огромный зверь молотил воздух, напоминая глухое биение барабана.

Облака задернули, словно холщовые декорации, чтобы возникло чистое небо. Луна большущим глазом...

...посмотрела вниз на...

...опустевшую тропинку.

Пипкин исчез.

Вдалеке, на горизонте, болталось и плясало нечто черное, растворяясь в холодном звездном небе.

— Помогите... помогите... — завывал слабеющий голос.

И пропал.

— О-о, — огорчился мистер Саван-де-Саркофаг. — Плохо дело. Боюсь, что его утащило Нечто.

— Куда, куда? — залопотали мальчик, похолодев.

— В Неразгаданную страну, которую я собирался вам показать. А теперь...

— Вы же не хотите сказать, что Нечто из Оврага, оно или она, — это Смерть? Это она схватила Пипкина и... сбежала?!

— Скорее позаимствовала, возможно, чтобы потребовать выкуп, — сказал Саван-де-Саркофаг.

— Смерть занимается такими вещами?

— Да, иногда.

— Вот те на! — Том прослезился. — Пип сегодня побледнел, бегал медленно. Пип, зачем ты сегодня вышел из дому?! — закричал он небесам, где лишь дул ветер прозрачной рекой и плыли белые облака, словно призраки.

Их знобило от холода. Они глядели туда, где Черное Нечто похитило их товарища.

— Что ж, — сказал Саван-де-Саркофаг. — Вот вам еще одна причина отправиться в путь, парни. Если поспешим, то, может, и догоним Пипкина. Перехватим его сахарную душу. Вернем, уложим в постель, согреем под одеялами, чтобы он мог дышать. Что скажете, ребята? Раскроем две тайны зараз? Разыщем пропавшего Пипкина и разгадаем Хэллоуин одним решительным ударом?

Они подумали о ночи в канун Всех Святых и о мириадах неприкаянных душ, что бродят по пустынным переулкам на пронизывающем ветру, среди зловещих дымов.

Они подумали о Пипкине — он всего лишь мальчик с пальчик, неподдельная радость лета, вырванный, как зуб, и унесенный черным потоком паутины и сажи.

И почти в один голос они пробормотали:
— Да.

Саван-де-Саркофаг вскочил, побежал, взбеленился, разбушевался, взревел:
— Живо! По этой тропе! На холм! По этой дороге! Заброшенная ферма! Перемахнули через забор! Allez-oop!

Они с разбегу перемахнули через ограду и оказались перед сараем, заклеенным старыми цирковыми афишами, транспарантами, истрепанными на ветру за тридцать, сорок, пятьдесят лет. Странствующие цирки оставили после себя слой лоскутов и обрывков в десять дюймов толщиной.

— Воздушный змей, мальчики. Строим воздушный змей. Шевелись!

Глава 7

Как только мистер Саван-де-Саркофаг выпалил эти слова, он содрал со стены сарая огромный лоскут, и тот затрепетал в его руках — тигриный глаз! Еще один лоскут старой афиши и — львиный зев!

Мальчики услышали принесенное ветром африканское рычание.

Они заморгали. Побежали. Раздирали ногтями. Терзали руками. Грабастали лоскуты и рулоны звериной плоти, клыков, сверлящих глаз, израненных шкур, окровавленных когтей, хвостов, скачков, прыжков и воплей. Вся стена сарая — замершее древнее шествие. Рвали на части. И с каждым рывком отслаивался то коготь, то язык, то хищный кошачий глаз. Внизу слоями лежали кошмары джунглей, задушевные встречи с белыми медведями, перепуганные зебры, жующие львиные прайды, нападающие носороги, гориллы, раскачиваясь, цеплялись за край ночи, перепрыгивали в рассвет. Тысячи животных бродили, порываясь выйти на волю. Когда кулаки, руки и пальцы мальчишек высвободились, они, посвистывая на осеннем ветру, побежали по траве.

Саван-де-Саркофаг повалил старый забор и смастерил из жердей грубую крестовину для змея, закрепил проволокой, затем встал, принимая подношения — бумагу для змея, которую мальчишки несли пригоршнями.

Все это он прижигал к раме, высекая искры кресалом костлявых пальцев.

— Эй! — кричали в восторге мальчишки. — Смотрите!

Такого они в жизни не видывали и помыслить не могли, что такие люди, как Саван-де-Саркофаг, способны одним щипком стиснуть, сдавить пальцами и сочетать глаз с зубом, зуб с пастью, пасть с рысьим хвостом. Все чудесно сливалось воедино, складывалось в безумную головоломку из

Канун Дня Всех Святых

джунглей и зоопарков, рвалось на волю и заточалось, приклеивалось и привязывалось, росло, ширилось, обретало цвет, звук и очертания в лучах восходящей луны. Вот людоедский глазище. Вот голодная пасть. Вот шальной шимпанзе. Чокнутый мандрил. Орущая птица-мясник! Мальчишки подбегали, поднося последние ужасы, завершающие постройку змея; древняя плоть разложена и приварена синим пламенем дымящихся костяных пальцев. Мистер Саван-де-Саркофаг напоследок раскурил сигару огоньком из большого пальца и усмехнулся. И отблеск его усмешки высветил то, что изображал Змей — погибель, свирепое зверье, чей неистовый рев заглушал ветер и рвал на части сердца.

Он остался доволен, мальчики — тоже.

Ведь Змей напоминал...

— Это же, — изумленно сказал Том, — птеродактиль!

— Что?!

— Птеродактиль — древняя летучая рептилия; исчезла миллиард лет тому назад, и больше от нее ни слуху ни духу, — ответил мистер Саван-де-Саркофаг. — Молодец, мальчик. Кажется птеродактилем, таковым и является; улетим на нем в Преисподнюю, или на Край Земли, либо в какое-нибудь другое местечко с таким же милым названием. А теперь быстро — веревку мне, бечевку, шпагат! Стащить и доставить!

Они смотали старую ненужную бельевую веревку, натянутую между сараем и заброшенной фермой. И вручили Саван-де-Саркофагу девяносто с лишним футов бечевы, которую тот протащил через сжатый кулак, да так, что от нее повалил несусветный дым. Он привязал ее к середине огромного Змея, который бился, как морской дьявол, заблудившийся и выброшенный на высокий берег. Уложенный на траву, Змей трепыхался от порывов ветра.

Саван-де-Саркофаг сделал шаг назад, дернул, и — о чудо! — Змей взлетел. И завис невысоко на конце бельевой веревки, на бесцеремонном ветру, метался то в одну сторону, то в другую, резко восставал на дыбы, бросая всем вызов стеною из глаз, крепких зубов и ураганом воплей.

— Он не поднимется, не полетит по прямой! Хвост! Нам нужен хвост!

И, как по наитию, Том поднырнул под Змея, ухватил его снизу и повис. Змей пришел в устойчивое состояние и стал подниматься.

— Молодец! — воскликнул черный человек. — Браво, юноша! Умница! Да будешь ты хвостом! Нужно еще, еще!

И пока Змей полз по восходящему течению воздушной реки, каждый из мальчиков, поддавшись порыву, подстегнутый его находчивостью, цеплялся за хвост: Генри-Хэнк, облаченный Ведьмаком, схватил Тома за лодыжки, и теперь Змей обзавелся великолепным хвостом из двух мальчиков!

И Ральф Бенгстрем, обернутый в пелены Мумии, путаясь в бинтах, стиснутый погребальной плащаницей, несуразно ковыляя, подпрыгнул и ухватился за ноги Генри-Хэнка.

И вот уже трое мальчиков висели вместо хвоста!

— Эй, подождите меня! — закричал Попрошайка, под грязными лохмотьями которого на самом деле скрывался Фред Фрейер.

Он подскочил и схватился.

Змей поднимался. Хвост из четырех мальчиков кричал, требуя пополнения!

И они его получили, когда мальчик, выряженный Пещерным человеком, рванулся и ухватился за ноги, а его примеру последовал мальчик под маской Смерти с небезопасной косой в придачу.

— Полегче там с косой!

Коса упала в траву и осталась лежать, словно оброненная улыбка.

А двое мальчиков повисли на недомытых ногах своих товарищей; Змей взлетал все выше и выше, и к нему прицепился мальчик, потом еще один, и еще; восемь мальчишек с гиканьем и улюлюканьем повисли внушительным хлыстом; последними за хвост ухватились Призрак, а на самом деле Джордж Смит, и Уолли Бэбб, который от избытка чувств превратился в Горгулью, что свалилась с крыши собора.

Мальчики визжали от восторга. Змей просел в воздухе, а потом... взлетел!

— Эгегей!

«Шшшшуууу!» — прошушукал Змей на разные звериные лады.

«Бэээннng!» — бренькнула на ветру струна воздушного Змея.

«Цыц!» — цыкнул-шикнул Змей всем своим туловом.

И ветер занес их высоко-высоко, к звездам.

А Саван-де-Саркофаг остался внизу, благоговейно глазея на свое сооружение, на своего Змея, на своих мальчишек.

— Постойте! — закричал он.

— Не стойте, догоняйте! — завопили мальчишки.

Саван-де-Саркофаг разбежался по траве, подхватив косу. Его плащ затрепыхался, надуваясь воздухом, расправляя полы-крылья, и он без особых усилий оторвался от земли и воспарил.

Глава 8

Воздушный Змей летел.

Мальчики висели на Змее, образуя хвостище ящера, который то извивался, то выделывал петли, то щелкал бичом, то скользил.

Они орали от блаженства. Визжали, вдыхая-выдыхая ужас. Пересекали луну восклицательным знаком. Парили над холмами, лугами и фермами. Видели свое отражение в сумеречных, залитых луной ручьях, речушках и реках. Задевали верхушки древних дерев. Ветер, поднятый их пролетом, обрушивал на черную траву сверкающий ливень чеканных монет и листьев. Они пролетали над городом и думали...

«О! Взгляните вверх! Видите? Это мы! Ваши сыновья!»

А еще думали: «О! Посмотрите вниз, где наши мамы, папы, братья, сестры, учителя! Эй, мы здесь! Заметьте нас, хоть кто-нибудь! А то в жизни не поверите!»

Змей последний раз устремился вниз, со свистом и гудением, под барабанный бой ветра, чтобы пролететь над старинным домом и Древом Хэллоуина, где им в первый раз встретился Саван-де-Саркофаг!

Свист, сотрясание, парение, порыв, шипение!

Летящие враскачку туловища мальчишек вызвали волнение воздуха, от которого затрепетали, задрожали, замигали тысячи свечей и зашипели от стремления возжечь себя заново, и все тыквенные гримасы и ухмылки затмились полутенями. Древо на мгновение погасло, а потом, когда Змей взвился ввысь, оно озарилось тысячами новых угрюмых, свирепых взглядов, оскалов, ужимок!

Окна дома — черные зеркала — видели, как Змей, мальчики и мистер Саван-де-Саркофаг улетают все дальше и дальше, превращаясь в точку на горизонте.

И они поплыли прочь, вдаль, вглубь Неразгаданной Страны, где обитала Старушка Смерть, в Страшные Годы Ужасного Прошлого...

— Куда мы летим? — закричал Том, ухватившись за хвост Змея.

— Да, куда, куда, куда? — подхватили все мальчишки один за другим, все ниже и ниже.

— Не куда, а в какую эпоху! — поправил их Саван-де-Саркофаг, поравнявшись с ними. Лунный ветер и время раздували его плащ. — В двухтысячный год до Христова рождения! Прикиньте-ка! Там нас ждет Пипкин! Нутром чую! Набираем высоту!

Затем луна заморгала. Закрыла свое око. И опустилась тьма. Затем луна начала мигать, все быстрее и быстрее: моргнет, увеличится, исчезнет, снова увеличится. Она вспыхивала и гасла тысячекратно, и в ее проблесках менялась проплывающая под ними земля. Вслед за тем луна меркла и возгоралась пятьдесят тысяч раз, с молниеносной частотой, неуловимой для зрения.

И луна перестала мерцать и застыла.

И подлунный мир изменился.

— Смотрите, — сказал Саван-де-Саркофаг, зависший в воздухе у них над головой.

И с воздушного Змея в багровых тонах взглянули вниз мириады тигриных, львиных, леопардовых, рысьих глаз, и мальчики последовали их примеру.

И солнце взошло, и высветило...

...Египет. Нил. Сфинкса. Пирамиды.

— А, — спросил Саван-де-Саркофаг, — замечаете... разницу?

— Ну как же, — изумился Том, — все *ново*, только что выстроено. Значит, мы и в самом деле углубились в прошлое на четыре тысячи лет!

И действительно, перед ними распростерся Египет — древние пески, но свежетесаный камень. Только что вырубленный, рожденный из чрева каменной горы Сфинкс могучими львиными лапами попирает золотую пустыню. Ни дать ни взять — гигантский львенок на ослепительном полуденном зное. Упади солнце между его лап, он сграбастал бы его, словно игрушечный огненный шар.

Пирамиды? Лежали кубиками диковинной головоломки, которыми играл женоликий лев-сфинкс.

Змей пошёл на снижение, огибая песчаные дюны, перемахнул через пирамиду, и его притянула разверстая пасть гробницы, высеченной в маленькой скале, словно она всё засасывала внутрь.

— Глядите! — воскликнул Саван-де-Саркофаг.

Полой плаща он так хлестнул воздушного Змея, что мальчишки затрезвонили, как голосистые колокольцы.

— Эй, не надо! — возопили они.

Змей содрогнулся, пошёл камнем вниз, завис в десяти футах над дюнами и отряс себя, словно пес, который избавляется от блох.

Мальчики благополучно попа́дали в золотистый песочек.

Змей рассыпался на тысячу лоскутов; на одном — глаз, на другом — клык, визг, рык, рёв слона. Египетская гробница всасывала всё это внутрь вместе с хохочущим Саван-де-Саркофагом в придачу.

— Мистер Саван-де-Саркофаг, подождите!

Вскочив, мальчики побежали, чтобы крикнуть в дверь темной гробницы. Потом подняли глаза и поняли, где находятся...

В Долине Царей. Здесь возвышались огромные каменные божества. Из глазниц слезным ливнем струился прах; а слезинки были из песка и толченого камня. Мальчики спрятались в тень. Подобно пересохшему руслу, коридоры спускались в глубокие усыпальницы, где лежали запеленованные мертвецы. В таинственных внутренних дворах на километровой глубине плескались фонтанчики пыли. Мальчики натужно прислушивались. Гробница извергла тошнотворную отрыжку, отдающую перцем, корицей и измельченным верблюжьим навозом. Где-то что-то снилось мумии; она кашлянула во сне, распутала пластыри, цокнула запыленным языком и повернулась на другой бок, чтобы проспать еще тысячу лет...

— Мистер Саван-де-Саркофаг? — сказал Том Скелтон.

Глава 9

Голос, затерянный в глубинах томимой жаждой земли, прошептал:

— Сссссаван-де-Сссссаркофаг.

Нечто, трепыхаясь, выкатилось, выстрелив из тьмы.

На солнечный свет выбросило длинный свиток погребального облачения мумии.

Казалось, сама гробница высунула к их ногам древний иссохший язык.

Мальчики вытаращились на холщовый лоскут длиной сотни ярдов, который, если они решатся, проложил бы им путь в таинственные недра египетской земли.

Том Скелтон, выставил дрожащую ступню, чтобы коснуться пожелтевшего холста.

Из гробницы подул ветер, промолвив:

— Дааааа...

— Я иду, — сказал Том.

И, удерживая равновесие на холщовом канате, он ушел вниз и пропал в темноте под погребальными камерами.

— Дааа!.. — прошелестел ветер из подземелья. — Вы все. Идите. Следующий. Следующий, еще, еще. Пошевеливайтесь.

Мальчики устремились по холщовой тропинке во тьму.

— Остерегайтесь убийства, мальчики! Убийства!

Колонны по обе стороны от бегущих мальчиков ожили. Настенные росписи вздрогнули и задвигались.

На верхушке каждой колонны сияло золотое солнце.

Но у солнца имелись руки и ноги, накрепко связанные бинтами мумий.

— Убийства!

Черная тварь нанесла солнцу страшный удар.

Солнце умерло, его сияние угасло.

Мальчики вслепую бегали в темноте.

«Да, — подумал Том на бегу, — сдается мне, что солнце умирает каждую ночь. Уходит спать. А интересно, оно вернется? Завтра утром оно еще будет мертво?»

Мальчики бежали. На новых колоннах, прямо перед ними, солнце снова появилось, сияя из затмения.

«Отлично! — думал Том. — Вот так-то! Восход солнца!»

Но с такой же быстротой солнце было убито снова. На каждой промелькнувшей мимо колонне осенью солнце умирало, и холодной зимой его хоронили.

«В середине декабря, — думал Том, — мне часто кажется: солнце никогда не вернется! Зима — на века! На этот раз солнцу и впрямь конец!»

Но когда мальчики замедлили бег в конце коридора, солнце возродилось. Пришла весна под пение золотистых труб. Свет залил коридор чистым огнем.

Таинственный сияющий бог, обвитый золотыми лентами, стоял на каждой стене с победно пылающим ликом.

— А я знаю, кто он! — выпалил Генри-Хэнк. — Я видел его в кино с жуткими египетскими мумиями!

— Осирис! — догадался Том.

— Соверш-ш-ш-енно верно... — прошипел голос Саван-де-Саркофага из глубоких гробниц. — Хэллоуин — урок первый. Осириса, сына Земли и Неба, каждую ночь убивает его брат Мрак. Осириса убивает Осень, убивает его собственная ночная кровь.

— И так происходит в каждой стране, где есть празднество смерти, приуроченное к временам года. Черепа и кости, мальчики, скелеты и призраки. В Египте, парни, видите — Смерть Осириса, Царя Мертвых. Смотрим дальше.

Мальчики посмотрели дальше.

Они подошли к огромной дыре в подземной пещере и сквозь нее увидели египетскую деревню, где в сумерках на крылечки и пороги выставляли еду в глиняных горшках и на медных блюдах.

— Для призраков, приходящ-щ-щих домой, — прошипел Саван-де-Саркофаг из тени.

Вереницы масляных ламп, прибитых к фасадам домов, и дымки, вьющиеся в сумеречном небе подобно блуждающим духам.

Казалось, призраки плутают по булыжным улицам.

Рэй Брэдбери

Тени отклонялись от утерянного на западе солнца и пытались проникнуть в дома.

Но теплая еда, дымясь на крыльце, заставляла тени кружиться и метаться.

Легкий аромат благовоний и пыль мумий поднимались к мальчикам, которые смотрели на этот древний Хэллоуин и на «сладости», выставленные не для бродячих мальчишек, а для неприкаянных духов.

— Эй, — зашептали все мальчики.

— Не потеряйтесь во тьме, — пели голоса в жилищах под переборы арфы и лютни. — О, дорогие, любимые наши мертвые, идите домой, добро пожаловать. Вы ушли во тьму, но всегда дороги нашему сердцу. Не бродите, не слоняйтесь. Идите домой, родные.

Из тусклых ламп струился дымок.

И тени поднимались на крылечки и очень деликатно вкушали жертвенную еду.

И они видели, как в одном доме из кладовой достают старую мумию деда и усаживают на почетное место во главе стола, уставленного яствами. И домочадцы садятся за вечернюю трапезу, и поднимают стаканы, и пьют за усохшего усопшего, немо сидящего в пыли...

Глава 10

— А ну-ка, живо разыщите меня! — воззвал к ним насмешливый голос Саван-де-Саркофага.

— Сюда! Нет! Туда! Туда!

Они побежали следом за тонкой лентой размотанной пелены мумии, уходя все глубже под землю.

— Да. Вот он я.

Они свернули за угол и остановились, ибо длинный холщовый бинт, петляя по полу гробницы, поднимался по стене, обвивая стопы древней бурой мумии, поставленной стоймя в нише со свечками.

— Это, — заикаясь, сказал Ральф Бенгстрем, одетый Мумией, — это... это *настоящая* мумия?

— Да. — Из-под золотой маски на лице мумии заструилась пыль. — Настоящая.

— Мистер Саван-де-Саркофаг! Вы!

Золотая маска соскользнула, зазвенев об пол, как сверкающий колокол.

На месте маски было лицо мумии — коричневая глина, растрескaнная под натиском солнца. Один глаз запечатала паутина, из другого текли пыльные слезы, и проблескивало ярко-синее стекло.

— Ессссть сссреди вассс мальчик, одетый мумией? — вопросил голос, приглушенный саваном.

— Это я, сэр! — пропищал Ральф, выставив напоказ руки, ноги, туловище и медицинские бинты, которыми он обматывался полдня до полной мумификации.

— Хорошо, — тяжело вздохнул Саван-де-Саркофаг. — Хватайся за холщовый лоскут. Тяни!

Ральф нагнулся, взялся за древние пластыри мумии и... как рванет!

Лента размоталась, кольцо за кольцом, обнажив большущий нос-клюв рептилии, и шершавый подбородок, и сухую усмешку

Канун Дня Всех Святых

на припорошенных пылью устах Саван-де-Саркофага. Скрещенные на груди руки повисли.

— Спасибо, мальчик! Свобода! А то чувствуешь себя свертком, предназначенным в дар Царству Мертвых. Но... тссс! Мальчики, живее! Запрыгивайте в ниши, замрите. Кто-то идет. Притворитесь мумиями, мальчики, прикиньтесь мертвецами!

Мальчики вскочили и оцепенели, сложив руки, захлопнув глаза и затаив дыхание, словно на рельефе с маленькими мумиями, высеченными в древней скале.

— Тихо, — прошептал Саван-де-Саркофаг. — Приближается...

Погребальная процессия.

Целая рать плакальщиц в тончайших золотистых шелках несла игрушечные парусники и медные чаши со снедью.

А в их гуще шестеро мужчин несли ящик для мумии, легкий, как солнечный свет, а вслед за ними — недавно запеленованную мумию в расписанном холщовом облачении, в маленькой золотой маске, скрывающей лицо.

— Мальчики, смотрите — еда, игрушки, — прошептал Саван-де-Саркофаг. — Они кладут игрушки в гробницы, парни. Чтобы божества приходили поиграть, пошалить, побаловать детей перед тем, как отправить в Царство Мертвых. Видите, кораблики, воздушный змей, прыгалки, игрушечные ножики...

— Но посмотрите на размер этой мумии, — сказал Ральф из-под душных марлевых повязок. — Это двенадцатилетний мальчик! Как я! А золотая маска на лице мумии... она вам не напоминает?

— Пипкин! — рявкнули все хором.

— Шшш! — зашипел Саван-де-Саркофаг.

Похороны прервались, верховные жрецы озирались по сторонам, всматриваясь в пляшущие тени факелов.

Мальчишки в своих высоких нишах зажмурились изо всех сил, затаив дыхание.

— Чтоб ни шепотка, — велел Саван-де-Саркофаг комариным писком в ушах Тома. — Ни шороха.

Канун Дня Всех Святых

Снова зазвучала арфа.

Процессия зашаркала дальше.

И посреди золота, и игрушек, и погребальных воздушных змеев находилась маленькая новенькая двенадцатилетняя мумия в золотой маске, точь-в-точь как...

Пипкин.

«Нет, нет, нет, нет!» — думал Том.

— Да! — в отчаянье вскричал тонюсенький мышиный голосок, затерянный, замотанный, заточенный. — Это я! Я здесь. Под маской. Под обмотками. Не могу шевельнуться! Не могу кричать! Не могу вырваться!

«Пипкин! — подумал Том. — Подожди!»

— Ничего не могу! Я в западне! — пищал он, замотанный в расписные холсты. — Идите следом за мной! Встречайте меня! Разыщите меня в...

Голосок затухал, так как шествие свернуло за угол темного лабиринта и исчезло.

— Куда идти следом за тобой, Пипкин? — Том Скелтон выпрыгнул из ниши и прокричал во тьму: — Где встречать?

Но в этот самый миг Саван-де-Саркофаг, как подкошенное дерево, рухнул из своей ниши. По полу громыхнуло: «Бах!»

— Постой-ка! — предостерег он Тома, глядя на него глазом-пауком, пойманным в капкан собственной паутины. — Мы еще спасем старину Пипкина. Втихомолку, крадучись, тайком, мальчики. Ш-ш-ш.

Они помогли ему подняться и размотать бинты и на цыпочках двинулись по коридору и свернули за угол.

— Вот те раз, — прошептал Том. — Смотрите. Они кладут мумию Пипкина в гроб, а гроб в... этот, как его...

— Саркофагус, — подкинул им скороговорку Карапакс Клавикула. — Один гроб внутри другого гроба, а тот внутри третьего, каждый больше предыдущего и испещрен иероглифами, рассказывающими историю его жизни...

— Историю жизни Пипкина? — спросили все разом.

— Ну, или того, кем был Пипкин в эту эпоху и в этот год, четыре тысячи лет тому назад.

Канун Дня Всех Святых

— Вот это да, — прошептал Ральф. — Гляньте-ка на картинки по стенкам гроба. Тут Пипкину один годик. Здесь — пять лет. Десять, и как быстро бегает. Пипкин на яблоне. Пипкин делает вид, будто тонет в озере. Пипкин в персиковом саду поедает все на своем пути. Стойте-ка, а *это* что?

Саван-де-Саркофаг наблюдал за оживленными похоронами.

— Они заносят в гробницу мебель, чтобы он ею пользовался в Царстве Мертвых. Лодочки. Воздушные змеи. Волчки. Свежие фрукты, на случай если Пипкин проснется через сто лет и проголодается.

— Он-то точно проголодается. Что за дела, гляньте, они уходят! Запечатали гробницу! — Саван-де-Саркофагу пришлось попридержать Тома, который в отчаянье метался взад-вперед. — Пипкин все еще там, захороненный! Когда же мы его будем спасать?

— Попозже. Длинная ночь только началась. Мы снова увидим Пипкина, не переживайте. Потом...

Дверь гробницы захлопнулась.

Мальчишки подняли бучу. В темноте были слышны чавканье и скрежет при заделке последних щелей и швов известковым раствором и укладке последних камней.

Плакальщицы с притихшими арфами удалились.

Потрясенный Ральф в своем костюме Мумии стоял, глядя, как растворяются последние тени.

— Вот почему я одет как мумия? — Он потеребил свои бинты, прикоснулся к древнему лицу из растрескавшейся глины. — Это и есть вся моя роль в Хэллоуине?

— Вся, мальчик, вся, — пробормотал Саван-де-Саркофаг. — Египтяне строили на века. Проектировали на десять тысяч лет. Гробницы, мальчики, гробницы. Могилы. Мумии. Кости. Смерть, смерть. Смерть — это нерв, нутро, свет, душа и тело их бытия! Гробницы без счету с потайными ходами, чтобы никого не нашли, чтобы расхитители могил не могли украсть души, игрушки и золото. Ты — мумия, мальчик, потому что именно так они наряжались перед лицом Вечности. Обволакивались нитями, словно коконы, надеялись выбраться из них прекрасными бабочками в далеком благополучном мире. Познай свой кокон, мальчик. Потрогай шершавые покровы.

— Получается, — сказал Ральф-Мумия, завороженно глядя на закопченные стены и древние иероглифы, — для них *каждый* день — Хэллоуин!

— Каждый день! — восхитились все.

— Каждый день — Хэллоуин и для *них*. — Показал Саван-де-Саркофаг.

Мальчики обернулись.

В подземельях гробницы назревала зеленоватая электрическая гроза. Пол дрожал, как от стародавнего землетрясения. Где-то вулкан заворочался во сне, озаряя стены огненным плечом.

И на стенах проявились доисторические рисунки пещерных людей, живших задолго до египтян.

— Внимание, — сказал Саван-де-Саркофаг.

Удар молнии.

Саблезубые тигры хватают орущих пещерных людей. Их кости тонут в асфальтовых топях. Они идут ко дну, издавая истошные вопли.

— Постойте. Давайте спасем хоть кого-нибудь... огнем.

Саван-де-Саркофаг подмигнул. Ударила молния и запалила лес. Первобытный человек, пробегая, хватает пылающую ветвь и всаживает в пасть саблезубому. Тигр зарычал — и наутек. Человек, загоготав от восторга, бросает горящую ветку в ворох осенних листьев в своей пещере. Остальные протягивают руки, чтобы согреться у костра, с опаскою смеясь над тьмой, где поджидает желтоглазый зверь.

— Видите, парни? — Отблески костра плясали на лице Саван-де-Саркофага. — Ледниковый период отступил. Потому что благодаря этому незаурядно мыслящему смельчаку в зимней пещере поселилось лето.

— Но? — сказал Том. — Где связь с Хэллоуином?

— Связь? Да, лопни моя селезенка, во всем! Когда ты и твои друзья погибают каждый день, некогда думать о Смерти. Только бежать. Но когда наконец ты остановился...

Он коснулся стены. Первобытные люди замерли на бегу.

— ...то есть время поразмыслить, откуда ты взялся, куда идешь. И огонь освещает дорогу, мальчики. Огонь и молнии. Созерцание утренних звезд. Огонь в пещере защищает тебя. Только у ночного костра троглодит, зверочеловек, мог наконец нанизать свои мысли на вертел и поливать их соусом своего изумления. Солнце умирало в небе. Зима подступала белой зверюгой, ощетинясь мехами, и хоронила солнце. Вернется ли в этот мир весна? Возродится ли солнце на будущий год или останется мертвым? Задавались вопросом египтяне и пещерные люди за миллион лет. Взойдет ли солнце завтра утром?

— И так начался Хэллоуин?

— После долгих раздумий, мальчики. И всегда в центре — огонь. Солнце. Солнце, вечно умирающее на холодном небосводе. Как же это должно было напугать ранних людей, а? Это же Большая Смерть. Если солнце навечно погаснет, что тогда?

И вот середина осени, всё умирает, обезьяночеловеки ворочаются во сне, вспоминая своих усопших за последний год. У них в головах голоса призраков. Воспоминания — вот что такое призраки, но обезьяночеловеки этого не знают. Под веками глубокой ночью призрачные воспоминания манили, махали руками, танцевали, и обезьяночеловеки просыпались, бросали хворост в огонь, дрожали, плакали. Они умели отгонять волков, но не воспоминания, не призраков. Так что они съеживались, молились, чтобы пришла весна, следили за огнем, благодарили невидимых богов за урожай плодов и орехов.

— Настоящий Хэллоуин! Миллион лет назад, осенью в пещере, в голове призраки, а солнце пропало.

Голос Саван-де-Саркофага затухал.

Он отмотал пару ярдов бинтов, величественно накинул на плечо и сказал:

— Это еще не все. Вперед, парни.

Канун Дня Всех Святых

И они выбрались из катакомб в древние египетские сумерки.

Перед ними в ожидании вздымалась великая пирамида.

— Кто последний на верхушке, — сказал Саван-де-Саркофаг, — тот мартышкин дядюшка!

Мартышкиным дядюшкой оказался Том.

Глава 11

Запыхавшись, они вскарабкались на верхушку пирамиды, где их дожидался большой хрустальный объектив, подзорная труба на золотой треноге, которую вращал ветер, гигантский глаз, приближающий отдаленные предметы.

Придушенное, умирающее в облаках солнце закатилось на западе. Саван-де-Саркофаг аж улюлюкнул от удовольствия:

— Вот, мальчики. Сердце, душа и плоть Хэллоуина. Солнце! Осириса снова умертвили. Вот угасает Митра — персидский огонь, Аполлон Феб — греческий светоч. Солнце и пламя, мальчики. Смотрите и жмурьтесь. Поверните хрустальный телескоп. Пройдите тысячу миль вдоль средиземноморского берега. Видите Греческие острова?

— Готово, — сказал заурядный Джордж Смит, одетый как утонченный бледный призрак. — Города, поселения, улицы, дома. Люди выскакивают на крылечки, чтобы вынести еды!

— Да, — просиял Саван-де-Саркофаг. — Это их праздник мертвых — угощение в горшочках. Древние «Пакости-Сладости». Но пакости устраивают мертвые, если их не угостить. Так что изысканные блюда выставляют на порог!

Вдалеке, в сладостных сумерках, струились ароматы отварного мяса. Призракам подносили блюда, и над землей живых клубился пар. Женщины и дети из греческих жилищ выносили лакомые яства, сдобренные пряностями.

Затем на всех Эллинских островах захлопали двери. Черный ветер разносил гулкое эхо.

— Храмы запирают двери, — пояснил Саван-де-Саркофаг. — Этой ночью каждое святилище в Греции будет крепко-накрепко затворено.

— Смотрите! — Ральф — бывшая Мумия — поворачивал хрустальный объектив. Блики заиграли на масках мальчиков. — Зачем они красят дверные косяки чёрной патокой?

— Смолой, — уточнил Саван-де-Саркофаг. — Чёрным варом, чтобы призраки приклеились намертво и не смогли проникнуть в дом.

— Почему, — сказал Том, — мы до этого не догадались?!

Тьма опустилась на побережье Средиземного моря. Духи мертвых из гробниц колыхались, словно мгла, плывя по улицам чёрными шлейфами и клубами сажи, увязая в чёрной смоле, которой были вымазаны пороги. Ветер скорбел, сострадая попавшим в западню мертвецам.

— Теперь Италия. Рим. — Саван-де-Саркофаг повернул объектив, чтобы видеть римские некрополи, где люди оставляли еду на надгробиях и спешили прочь.

Канун Дня Всех Святых

Плащ Саван-де-Саркофага хлопал на ветру. Его щеки ввалились.

> Осенний ветер обжигает
> И во мрак всё погружает,
> Кружит и хватает,
> В рой листьев
> с Осеннего Древа
> Меня превращает!

Он оттолкнулся и свечкой взмыл в небо. Мальчики завизжали от восторга, даже когда его одеяния, плащ, волосы, кожа, туловище, леденцовые кости рассыпались у них на глазах.

> ...листва — гори
> костром...
> ...крутись-вертись
> волчком...

Ветер располосовал его на серпантин и конфетти; мириады осенних листьев, золотых, бурых, красных, словно кровь и ржа, взбесились, забурлили, зашуршали пригоршнями дубовые и кленовые листья, листвяная осыпь с орешника; фонтан из крошева, шороха, шелеста листьев взвился в темные, текучие, словно река, небеса. Не в один-единственный Змей превратился Саван-де-Саркофаг, но разорвался на тысячи и тысячи воздушных змеев и клочьев мумии:

Шар земной, крутись! Листья — горите!
Травы — умрите! Древеса — летите!

И с мириад деревьев во владениях осени листья взметнулись навстречу полчищам сухих, ломких частиц, на которые распался Саван-де-Саркофаг, рассеянных вихрями, и оттуда загрохотал его голос:

— Видите костры по всему средиземноморскому побережью, мальчики? Огни, горящие севернее, по всей Европе? Огнища страха. Пламя празднеств. Хотите взглянуть, мальчики? Тогда взлетаем!

И листья лавиной обрушились на каждого мальчика, словно ужасные, бьющие крылышками мотыльки, и унесли прочь. Они парили над египетскими песками, пели, смеялись и хихикали. Летели в безудержном восторге над неведомым морем.

— Счастливого Нового года! — прокричал голос далеко внизу.

— Чего-чего? — не понял Том.

— Счастливого Нового года! — прошелестел голос Саван-де-Саркофага из роя ржавых листьев. — В стародавние времена первого ноября отмечали Новый год. Истинное окончание лета и холодное начало зимы. Не очень-то он счастливый, но все равно — счастливого Нового года!

Они пролетели над Европой и увидели внизу новую полосу воды.

— Британские острова, — прошептал Саван-де-Саркофаг.

— Хотите взглянуть на друидского Бога Мертвых родом из Англии?

— Хотим!

— Тогда — тише воды ниже травы. Все до одного. Затаили дыхание. Залегли.

Мальчики попа́дали наземь.

Как каштаны из ведра, их ступни забарабанили по земле.

Глава 12

Мальчишки, приземлившиеся как ливень пестрой осенней листвы, построились в следующем порядке:

Том Скелтон, выряженный в свои аппетитные Косточки.

Генри-Хэнк, в некотором роде Ведьмак.

Ральф Бенгстрем, неразвернутая Мумия, что расползается с каждой минутой.

Призрак по имени Джордж Смит.

Джей-Джей (другого имени не нужно), образцовый Пещерный человек.

Уолли Бэбб, утверждавший, будто он Горгулья, но все уверяли, что он больше смахивает на Квазимодо.

Фред Фрейер, Попрошайка только что из канавы, а кто же еще.

И последний по списку, но не по достоинствам — «Загривок» Нибли, который сварганил костюм в последний момент, нахлобучив страшную белую маску и схватив со стены гаража дедушкину косу.

Стоило мальчикам благополучно прибыть на землю Англии, как мириады осенних листьев осыпались с них и унеслись прочь.

Они очутились посреди большого пшеничного поля.

— Вот, мессир Нибли, я принес вашу косу. Берите. Хватайте! А теперь на землю! — предостерег Саван-де-Саркофаг. — Друидский Бог Мертвых! Самайн! Ложись!

Они залегли.

Громадная коса с небес достала до земли. Исполинское лезвие бритвы кромсало ветер, со свистом вспарывало облака, обезглавливало деревья, выкашивало пригорки, начисто срезало пшеницу. В воздухе закружила пшеничная метель.

И с каждым прокосом, взмахом косы вопли, вой и плач долетали до небес.

Коса прошипела.

Мальчики задрожали.

— А-ха-ха-ха! — взревел голос.

— Мистер Саван-де-Саркофаг, это вы?! — возопил Том.

Ибо в сорока футах над их головами возвышалось, сжимая колоссальную косу, туловово в капюшоне, а личину скрывали полночные туманы.

Лезвие опустилось: вшшшшш!

— Мистер Саван-де-Саркофаг, пощадите!

— Заткнись. — Кто-то толкнул Тома в локоть. Мистер Саван-де-Саркофаг лежал на земле рядом с ним. — Это не я. Это...

— Самайн! — гаркнул голос во мгле. — Бог Мертвых! Я снимаю жатву как захочу!

Сссссс-вшшшш!

— Здесь все, кто умерли в этом году! И за свои прегрешения будут превращены этой ночью в зверье!

Сссссвуммммммм!

— Умоляю, — рыдал Ральф-он-же-Мумия.

Сссссттттт! Лезвие сверху донизу вспороло костюм Нибли, выбив из рук маленькую косу.

— Зверье!

И сжатая пшеница взвилась, завихряясь на ветру, души завизжали. Все умершие за последние двенадцать месяцев посыпались на землю. И, падая, касаясь земли, колосья превращались в ослов, кур, змей — сновали, кудахтали, ревели; превращались в кошек, собак и коров — гавкали, визжали, рявкали. Но все они были крошечные, маленькие, мелкие, не больше червя, не крупнее пальца на ноге, не больше отсеченного кончика носа. Сотнями и тысячами колоски возносились ввысь и опадали пауками, неспособными кричать или умолять о милосердии, а безголосые пускались наутек по головам мальчишек в траве. Сотня сороконожек пробежала по спине Ральфа. Две сотни пиявок впились в косу Нибли, и он гневно их стряхнул, в ужасе разинув рот. Повсюду падали паучки «черные вдовы» и удавчики.

— За ваши грехи! За ваши грехи! Вот вам! Вот вам! — горланил голосище в свистящем небе.

Коса сверкнула. Подкошенный ветер обрушился ослепительными молниями. Пшеница закружилась, опадали мириады колосков. Грешники посыпались градом. И, ударяясь оземь, превращались в жаб и лягушек, в чешуйчатые бородавки на ножках, в медуз, источающих зловоние на солнце.

— Я больше не буду! — взмолился Том Скелтон.

— Пощады! — добавил Генри-Хэнк.

Все это произносилось очень громко, ибо коса жутко ревела. Словно океанская волна, которая обрушивается с неба, расчищая берег и откатываясь, чтобы скосить еще немного туч. Казалось, даже тучи скороговоркой нашептывают отчаянные молитвы. Чур не я! Чур не я!

— За все ваши злодеяния! — громыхнул Самайн.

И взмахнул косой, и срезал урожай душ, которые превратились в разбегающихся, прихрамывающих, ползучих, копошащихся слепых тритонов, и отвратных постельных клопов, и тошнотворных тараканов.

— Надо же, он творит букашек.
— Давит блох!
— Топчет змей!

— Лепит тараканов!

— Разводит мух!

— Нет! Я — Самайн! Бог Осеннего Ненастья. Бог Мертвых!

Самайн топнул гигантской ступней, задавив в траве тысячу насекомых, затоптал в пыль десяток тысяч крошечных душ-тварюшек.

— Думаю, — сказал Том, — не пора ли...

— Сматывать? — не сразу предложил Ральф.

— Проголосуем?

Коса заскрежетала. Самайн загромыхал.

— Проголосуем, как же! — сказал Саван-де-Саркофаг.

Все вскочили.

— Эй, вы там! — загремел голосище над головой. — А ну, назад!

— Нет уж, премного благодарны, сэр, — сказал кто-то, остальные подхватили.

И одна нога здесь, другая — там.

— Пожалуй, — сказал Ральф, пыхтя, прыгая и обливаясь слезами. — Я всегда себя хорошо вел. Я не заслуживаю смерти.

— Гааааaa! — взревел Самайн.

Коса гильотиной отсекла верхушку дуба и снесла клен. Осенние яблочки, которых хватило бы на целый сад, высыпались в мраморный карьер, загрохотав, как дом, кишащий мальчишками.

— Вряд ли он тебя услышал, Ральф, — сказал Том.

Они залегли среди валунов и кустарников.

Коса отскочила от камней.

Самайн издал такой вопль, что на холм неподалеку обрушилась лавина.

— Ух ты! — Ральф нахмурился, съежился, прижав коленки к груди, зажмурился. — В Англии лучше не грешить.

Напоследок на мальчиков обрушился дождь, лавина, ливень истошно кричащих душ, обращенных в жуков, блох, клопов-вонючек и пауков-долгоножек.

— Эй, гляньте-ка на того пса!

По камням, обезумев от ужаса, прыгала одичалая собака.

Ее морда, глаза, что-то такое в выражении глаз...

— Неужели?..

— Пипкин? — Сказали все хором.

— Пип... — закричал Том. — Вот, значит, где довелось встретиться? Ты...

Но тут — бум! Грянула коса!

И собака заскулила, заметалась от страха, съезжая по траве.

— Стой, Пипкин. Мы тебя узнали, мы тебя видим! Не бойся. Не... — Том засвистел.

Но пес, отвечая милым испуганным голосом Пипкина, исчез.

Но что за эхо от его повизгивания откликалось из холмов:

— Встречайте. Встречайте. Встречайте. Встречайте. Меня...

«Где? — подумал Том. — Черт возьми, *где?*»

Глава 13

С воздетой косой Самайн самодовольно озирался по сторонам.

Он очаровательно усмехнулся, поплевал огненной слюной на костлявые руки, стиснул косу пуще прежнего, занес и остолбенел...

Откуда-то доносились песнопения.

Где-то у вершины холма, в роще, потрескивал костерок.

Здесь собрались люди, подобные теням, и, воздев руки к небу, распевали песни.

Самайн прислушался, не выпуская из рук косу, словно улыбку.

> О, Самайн, Бог Мертвых!
> Услышь нас!
> Мы жрецы-друиды в
> Этой роще дубов-великанов,
> Просим за души умерших!

Канун Дня Всех Святых

Вдалеке эти странные мужи у яркого костра подняли ножи из металла, взяли на руки котов и коз и запели:

> Мы молимся за души тех,
> Кто превращен в зверей.
> Бог Мертвых, приносим в жертву мы
> Эту живность,
> Чтоб ты на волю отпустил
> Души наших родных,
> Умерших в этот год!

Засверкали ножи.

Самайн усмехнулся еще шире. Животные завизжали.

Мальчики на земле, в траве, среди валунов и заточенные души, в обличье пауков, тараканов, блох, мокриц и сороконожек, разинули рты, исторгнув неслышные стенания, зашебуршились, зашевелились.

Том вздрогнул. Ему отовсюду послышались мириады тишайших, микроскопических стонов, вздохов облегчения — сороконожки выкидывали коленца, паучки отплясывали.

— Освободи! Отпусти! — умоляли друиды на холме.

Рэй Брэдбери

Огонь пылал.

Морской ветер завывал над лугами, полировал валуны, задевая пауков, перекатывая мокриц, опрокидывая тараканов. Крошечные пауки, насекомые, малюсенькие собаки и коровы улетали мириадами снежинок. Растворялись крошечные души в тельцах насекомых.

Выпущенные на волю с гулким пещерным шепотом, они засвистели в небе.

— На Небеса! — кричали жрецы-друиды. — О, свободные! Улетайте!

Они улетели. Растворились в воздухе с глубоким вздохом благодарности и признательности.

Самайн, Бог Мертвых, пожал плечами и всех отпустил. Затем он так же внезапно остолбенел.

Как, впрочем, и притаившиеся мальчишки, и мистер Саван-де-Саркофаг, припавший к земле среди валунов.

По долинам и по взгорьям стремительно маршировала армия римских воинов. Впереди бежал полководец, оглашая окрестности:

Канун Дня Всех Святых

— Солдаты Рима! Уничтожьте язычников! Уничтожьте безбожную религию! Так приказал Светоний!

— За Светония!

Самайн в небе поднял было косу, но слишком поздно!

Солдаты под корень рубили мечами и топорами священные друидские дубы.

Самайн заголосил от боли, словно топорами подрубили его колени. Священные деревья застонали и рухнули со свистом и грохотом наземь при последнем ударе.

Самайн затрепетал в вышине.

Жрецы-друиды остановились на бегу и содрогнулись.

Деревья пали.

Жрецы с подкошенными коленями и лодыжками пали. Подобно дубам, их смел ураган.

— Нет! — взревел Самайн в вышине.

— Да! — вскричали римляне. — А ну-ка!

Солдаты нанесли завершающий мощный удар.

И Самайн, Бог Мертвых, срубленный под корень, под щиколотки, стал заваливаться наземь.

Мальчики, взглянув вверх, выскочили, чтобы не попасть под удар. Ведь его падение было подобно рухнувшему зараз могучему лесу. Его падение бросило на них полночную тень. Гром его погибели летел перед ним. Он был самым могучим деревом на свете, самым высоким павшим и погибшим дубом. Он падал, отчаянно завывая, хватаясь за воздух.

Самайн ударился о землю.

Упал с ревом, сотрясая внутренности холмов, и задул священные костры.

И после того как Самайн был срублен, повержен и умерщвлен, вслед за ним попадали и остальные дубы, как пшеница, скошенная напоследок косой. Его гигантская коса — исполинская улыбка, затерянная в полях, — превратилась в лужицу серебра и просочилась в траву.

Тишина. Тлеют костры. Ветер выдувает листья.

Солнце мгновенно зашло.

Друидские жрецы истекали кровью в траве, а мальчики видели, как римский командир затаптывал угасающий костер и священный пепел.

— Здесь мы возведем храмы и посвятим нашим богам!

Солдаты зажгли новые огни и воскурили благовония перед золотыми изваяниями.

Но не успели они разгореться, как на востоке забрезжила звезда. По пескам далекой пустыни, под перезвон верблюжьих бубенцов, шагали Три Мудреца.

Римские воины подняли бронзовые щиты, чтобы заслониться от сияния Звезды в небесах. Но щиты растаяли и превратились в очертания Богородицы и ее Сына.

Доспехи солдат расплавились, капая наземь, изменились. Теперь они облачены в одеяния священников, поющих по-латыни перед новыми алтарями, а Саван-де-Саркофаг, припав к земле, щурясь, оценивая ситуацию, нашептывал своим маленьким друзьям в масках:

— Да, мальчики, видите? Боги сменяют богов. Римляне подкосили друидов с их дубами и богом мертвых. Раз! И готово! И привели своих богов, а? Теперь пришли христиане и подкосили римлян! Новые алтари, мальчики, новый ладан, новые имена...

Ветер задул алтарные свечи.

В темноте Том вскрикнул. Земля содрогнулась и завертелась. Они вымокли до нитки под дождем.

— Что происходит, мистер Саван-де-Саркофаг? Где мы?

Саван-де-Саркофаг щелкнул кремневыми пальцами и поднял зажженный огонь.

— Ну как же, мальчики. Это Средние века. Самая длинная ночь. Христос давно пришел в этот мир и ушел, и...

— Где Пипкин?

— Здесь! — раздался голос с черного неба. — Кажется, я верхом на метле! Она уносит меня... прочь!

— Эй, меня тоже, — сказал Ральф, потом Джей-Джей, и Нибли, и Уолли Бэбб, и все остальные.

Послышался громкий шелест, словно во тьме терся усами кот-великан.

— Метлы, — пробормотал Саван-де-Саркофаг. — Сборище метел. Октябрьский праздник метел. Ежегодный Перелет.

— Куда? — спросил Том, глядя вверх, ведь все уже летели, улюлюкая, прочь.

— В метельную мастерскую, конечно!

— Помогите! Я улетаю! — позвал Генри-Хэнк.

Вжик — просвистела метла, унося его вдаль.

Колючий котище царапнул Тома по щеке. Он почувствовал, как деревянный шест между ног ходит ходуном.

— Держись! — велел Саван-де-Саркофаг. — Когда метла нападает, остается только вцепиться как следует и держаться!

— Я и держусь! — закричал Том, улетая прочь.

Глава 14

Метлы начисто вымели небеса.

От криков мальчишек, разом оседлавших восемь метел, небо прояснилось.

Сменив крики ужаса на вопли восторга, мальчики чуть не забыли присматриваться или прислушиваться к Пипкину, который тоже плыл среди облачных островов.

— Сюда! — велел Пипкин.

— На всех парах! — сказал Том Скелтон. — Но, Пип, до чего же трудно удержаться на метле, я тебе скажу!

— Ты прямо читаешь мои мысли, — сказал Генри-Хэнк. — Согласен.

Согласились все, кто срывался, цеплялся и залезал обратно.

Метлы устроили в небе такую толчею, что едва хватало места облакам, туманам, дымке и мальчишкам. Метлы сбились в огромную пробку, словно все леса на земле в едином порыве пожертвовали им свои ветви, и, прочесав осенние поля, срезали начисто солому, связали крепкие веники, выбивалки и щетки и засим улетели.

Сюда слетелись все на свете подпорки от дворовых бельевых веревок. А с ними заодно пучки травы, бурьяна связки, колючие кусты, чтобы пасти овечек облачных, и звезды драить, и катать мальчишек.

Мальчишки оные, каждый на седалище худом, попали под шлепки и колотушки хлыста и палки — наказаны сурово за захват небес. Досталось каждому по сотне синяков, царапин дюжина, и ровно сорок девять шишек их нежные макушки схлопотали.

— Эй, мне нос расквасили! — разинул рот в восторге Том, разглядывая покрасневшие пальцы.

— Ерунда! — крикнул Пипкин, сухим влетая в облако и вынырнув мокрым. — Пустяки. У меня глаз заплыл. Ухо болит и зуб выбит!

— Пипкин! — позвал Том. — Сколько можно нам твердить, чтобы мы тебя встретили, а где — неизвестно! Так где же?

— В воздухе! — ответил Пипкин.

— Ну ты даёшь, — пробормотал Генри-Хэнк, — вокруг земли намотано две мириады и сто миллиардов, девяносто девять миллионов акров воздуха! На каком же пятачке мы найдём Пипа?

— На... — охнул Пипкин.

Но ему наперерез вылетела целая свора обнаглевших мётел, словно стая кукурузных стеблей или деревенский забор во внезапном припадке неистовства и исступления.

Туча со злодейской физиономией разинула пасть. И проглотила Пипкина вместе с метлой, и накрепко захлопнула свинцовые челюсти, и недовольно загромыхала от расстройства желудка, не сумев переварить Пипкина.

— Врежь, порви ей брюхо, Пипкин! — предложил кто-то.

Но никто ей не врезал, и довольная туча уплыла, высасывая сладкие соки из мальчика, добытого на ужин, в сторону Зари Времен, в Заливе Вечности.

— Встретимся в воздухе? — фыркнул Том. — Ничего себе! Вот и говори про ужасные пути в никуда.

— Хотите увидеть кое-что поужаснее? — предложил Саван-де-Саркофаг, пролетая мимо на метле, похожей на недовольную мокрую кошку. — Полюбуемся на ведьмаков, мальчики? На чертовых перечниц, ворожей, чародеек, магов-волшебников, чернокнижников, демонов-дьяволов? Вот они, целыми толпами, оравами, мальчики. Разуйте глаза!

Внизу по всей Европе — во Франции, Германии, Испании — на ночных дорогах происходило натуральное столпотворение — гуртами, гурьбами, ватагами подозрительные грешники улепетывали на север, подальше от Южного побережья.

— Так держать! Бегом, вприпрыжку! Добро пожаловать в ночь. Добро пожаловать во тьму! — Саван-де-Саркофаг спикировал, крича толпе как полководец, командующий полчищем отборных негодяев. — Живо, прячься! Ложись! Выждать пару-тройку веков!

— Прятаться? От чего? — удивился Том.

— Христиане идут! — завопили голоса с дороги, что внизу.

Вот вам и ответ.

Том моргнул, взлетел и стал наблюдать.

И со всех дорог бежали толпы, чтобы уединиться на фермах, на перепутьях, в тучных полях, в городах. Старики. Старухи. Беззубые, обезумевшие, вопиющие к небу, когда метлы пошли на снижение.

— Э-э, — изумился Генри-Хэнк. — Да это ж ведьмы!

— Пусть мою душу сдадут в химчистку и вывесят сушиться, если ты не прав, мой мальчик, — согласился Саван-де-Саркофаг.

— Вон ведьмы прыгают через костры, — сказал Джей-Джей.

— И ведьмы перемешивают котлы! — добавил Том.

— И ведьмы чертят символы в пыли на дворе фермы! — заметил Ральф. — Они *настоящие*? То есть я всегда думал...

— Настоящие? — Оскорбленный Саван-де-Саркофаг чуть не свалился со своей метлы, увенчанной когтистым котом. — О боги, о рыба в море! Мальчик, да в каждом городе проживает своя, штатная ведьма. В каждом городе скрывается старый греческий жрец, римский почитатель крохотных божков, убегающих по дорогам, залезающих в дренажные трубы, ныряющих в пещеры, лишь бы унести ноги от христиан! В каждом сельце, мой мальчик, на каждой захудалой ферме прячутся старые верования. Видел, как порубили друидов? Они скрывались от римлян. А теперь римляне, которые скармливали христиан львам, разбегаются кто куда, лишь бы спрятаться. И культы всех цветов и расскрасок лезут из кожи вон, чтобы выжить. Вы только гляньте, мальчики, как они удирают!

Так оно и было.

По всей Европе горели костры. На каждом перекрестке, у каждого стога сена черные фигуры прыгали по-кошачьи через огонь. Котлы булькали. Старые ведьмы сыпали проклятиями. Псы играли с раскаленными докрасна угольями.

— Ведьмы, кругом одни ведьмы! — изумился Том. — Я и не знал, что их было так много!

— Сонмища, видимо-невидимо, Том. Европа была наводнена ими до краев. Ведьмы под ногами, под кроватью, в погребах и на чердаках.

— Надо же, — не без гордости сказал Генри-Хэнк в костюме Ведьмака. — Настоящие ведьмы! Они умели разговаривать с мертвыми?

— Нет, — сказал Саван-де-Саркофаг.

— Ездить верхом на дьяволах?

— Нет.

— Запирать демонов в дверных петлях, чтоб те скрипели по ночам?

— Нет.

— Летать на метле?

— Нет.

— Наложить чихательное заклятие?

— Ой!

— Убить кого-нибудь, втыкая иглы в кукол?

— Нет.

— А что ж они умели?

— Ничегошеньки.

— Ничегошеньки! — обиженно воскликнули все.

— Ну, мальчики, им *казалось*, будто они умели!

Саван-де-Саркофаг повел свою Команду на метлах над фермами, где ведьмаки швыряли в котлы лягушек, давили жаб, нюхали дурманы из мумий, откалывали коленца и гоготали.

— Если призадуматься, что означает слово «ведьмак»?

— А ведь... — сказал Том и запнулся.

— Ведун, — сказал Саван-де-Саркофаг. — Сведущий. Вот что оно означает. Знающий. Кто угодно — мужчины, женщины, на лету схватывающие новые знания, действовали обдуманно, так? А самые шустрые, которым всё нипочем, звались...

— Ведьмаками! — сказали все хором.

— А кто пошустрее, притворялись, будто они маги-волшебники и якшаются с привидениями, ходячими мертвецами и мумиями. И если по случайному совпадению их недруги падали замертво, то они приписывали эту заслугу себе. Им льстило верить в то, что они обладают властью, а на самом деле они ничем не обладали, как ни прискорбно, мальчики. Но прислушайтесь. Что там за холмом? Оттуда появляются метлы. И туда же отправляются.

Мальчики прислушались и услышали:

> Мы метлы мастерим,
> Чтобы летать сквозь дым
> И в небесах маячить при луне
> С пучком бурьяна на хвосте.
> А если нам приспичит полетать,
> То надо взвизгнуть или простонать.

Внизу на полную мощность шуровала ведьмина метельная мастерская: вырезалось помело, и как только к нему привязывали метелку, помело вылетало в трубу, рассыпая снопы искр. На крышах караулили ведьмы и тут же седлали метлы, взмывая к звездам.

А может, мальчикам это мерещилось под звуки песнопений:

> Унесенные ветром ночным из постели,
> С мертвецами, чертями ведьмы плясать
>   улетели?
> Нет!

Канун Дня Всех Святых

Но об этом они хвастались и болтали!
И в отместку весь мир ополчился на них,
И невинных «ведьмами» обозвали.
И додумались на риск свой и страх
Жечь старух, младенцев и дев на кострах.

Неистовые толпы с факелами, изрыгая проклятия, жгли костры в деревнях и на фермах от Ла-Манша до Средиземного моря.

В Германиях и Франциях
Десятки тысяч «злобных» ведьм
на виселицах корчатся в прощальных танцах.
И все друг друга обзывают, показывая норов:
Один — свинья, другой — кабан, а третий —
         чертов боров.

Кабаны с ведьмами, приклеенными к их спинам, семенят по черепице, высекая искры, хрюкая, выпускают пар из ноздрей.

Над Европой ведьминого дыма облака гуляют,
а с ними в придачу их судьи пылают.
За что?
За розыгрыш!
Пока весь род людской не замарает
вина, и ложь, и смертный грех!
И как нам быть?
Казнить их всех!

В небе клубился дым. На каждом перекрёстке висели ведьмы, слеталось вороньё в оперенье черноты.

Мальчишки цеплялись за мётлы с вытаращенными глазами, разинув рты.

— Кому-нибудь хочется стать ведьмой? — полюбопытствовал наконец Саван-де-Саркофаг.

— Гм, — ответил Генри-Хэнк, дрожащий в ведьмакских лохмотьях, — только не я!

— Мало приятного, а, сынок?

— Мало.

Мётлы несли их сквозь головешки и гарь.

Они приземлились на пустынной улице, на открытом месте в Париже.

Мётлы замертво стукнулись о землю.

Глава 15

— Ну, мальчики, как нам напугать пугалище, устрашить страшилище, растрясти трясунов? — воззвал Саван-де-Саркофаг из облака. — Что может быть покруче демонов и ведьмаков?

— Божества покруче?

— Ведьмаки покруче?

— Церкви побольше? — предположил Том Скелтон.

— Умница, Том, молодец! Мысль созревает, так? Религия ширится! Каким образом? Благодаря сооружениям, которые своими размерами затмевают всё вокруг. Они видны за сотню миль. Возведите одно такое высоченное, знаменитое здание и поселите в нем горбуна-звонаря. Итак, мальчики, помогите мне выстроить его по кирпичику, аркбутан за аркбутаном. Давайте построим...

— Нотр-Дам! — воскликнули все восемь мальчиков.

— Тем более есть причина строить Нотр-Дам, потому что... — сказал Саван-де-Саркофаг. — Слушайте...

Бом!

В небе ударил колокол.

Бом!

— ...помогите!.. — раздался шепот, когда звон затух.

Бом!

Мальчики посмотрели и увидели в лунном свете строительные леса, доходящие до середины колокольни-донжона. На самом верху висел и звонил огромный бронзовый колокол.

А из колокола при каждом ударе доносился тонюсенький голосок:

— Помогите!

Мальчики взглянули на Саван-де-Саркофага.

Их глаза вопросительно горели.

Пипкин?

«Встретимся в воздухе! — подумал Том. — Так вот же он!»

Над Парижем вверх ногами висел Пипкин, а может, тень, призрак, потерянная душа Пипкина. И его голова служила языком колокола.

Когда колокол отбивал час, то язык колокола из плоти и крови ударялся о край колокола. Голова Пипкина билась о колокол. Бом! И снова. Бом!

— Мозги ведь вышибет, — изумился Генри-Хэнк.

— Помогите! — звал Пипкин — тень внутри колокола, призрак, прикованный головой вниз, чтобы отбивать четверти часа и часы.

— Летите! — приказали мальчики своим метлам, но те безжизненно лежали на парижской мостовой.

— Как неживые, — горевал Саван-де-Саркофаг. — Сила, задор, энергия — все улетучилось. Ладно. — Он потер подбородок, так что посыпались искры. — Как будем подниматься на подмогу Пипкину без метел?

— *Вы* можете полететь, мистер Саван-де-Саркофаг.

— А нет, так не годится. Вы сами должны его спасать, всегда и навечно, снова и снова, этой ночью, до самого великого спасения. Постойте-ка. А! Меня осенило! Мы собирались строить Нотр-Дам, правильно? Тогда давайте строить. Вот мы и вскарабкаемся к твердолобому колокольному языку, отбивающему часы, — Пипкину! Прыг-скок, парни! Поднимайтесь по ступенькам!

— По каким ступенькам?

— По этим! Вот же! По этим!

Кирпичи ложились на место. Мальчики запрыгивали. И как только они поднимали, опускали и ставили ногу, под ней возникала ступенька, по одной за раз.

Бом! — гудел колокол.

«Помогите!» — звал Пипкин.

Ступни молотили пустоту и с топотом, шарканьем опускались на...

...ступеньку. Потом — на другую.

Потом еще и еще, карабкаясь в пустоту.

«Помогите!» — звал Пипкин.

Бом! — снова гудел полый колокол.

Канун Дня Всех Святых

Так они бежали по пустоте, а за ними следом, подгоняя и подталкивая их, Саван-де-Саркофаг. Они взбегали по чистому лучу света, и кирпичи с камнями складывались сами собой, как колода карт, твердея под их пятками и носками.

Казалось, они взбегают по пирогу, который наслаивается, один каменный слой за другим, а неистовый колокол и печальный Пипкин кричат и призывают к себе.

— Вот она, наша тень! — сказал Том.

В самом деле, в лунном свете собор, великолепный Нотр-Дам, отбрасывал тень на всю Францию и пол-Европы.

— Наверх, парни, без передышки, бегом! Бом!

«Помогите!»

Они бежали. С каждым шагом они начали было проваливаться, но снова, снова и снова ступеньки вставали на свое место, выручая их, и они становились все выше и выше, и тени от шпилей маячили над реками и полями, задувая последние ведьмины костры на перекрестках. И по мере того как тень церкви опускалась с небес, на тысячу миль вокруг старые ведьмы, кикиморы, волхвы и демонопоклонники гасли, как свечки, обращаясь в дымки, и с завываниями прятались в щели.

— Подобно тому как римляне срубили деревья друидов и опрокинули бога мертвых, мы нашим собором бросили такую тень, что приструнили всех ведьм, а убогих кудесников и жалких чудодеев прижали к ногтю. Покончено с ведьмиными огоньками. Только эта великая свеча — Нотр-Дам. Вуаля!

Мальчики засмеялись от удовольствия.

Ибо на место легла последняя ступенька.

Они достигли самого верха, тяжко дыша.

Собор Парижской Богоматери окончательно отстроен.

Бом!

Пробил последний звонкий час.

Большой бронзовый колокол содрогнулся.

И повис пустозвоном.

Мальчишки заглянули в его разверстое, как пещера, устье.

Язык колокола, напоминавший очертаниями Пипкина, исчез.

— Пипкин? — прошептали они.

Канун Дня Всех Святых

— ...кин, — ответил колокол слабым эхом.

— Он где-то рядом. Завис в воздухе, где он обещал нас встретить. А Пипкин своё слово держит, — сказал Саван-де-Саркофаг. — Оглянитесь, мальчики. Изысканная ручная работа, а? То, на что ушли столетия труда, мы сотворили в миг, а? Но увы и ах! Тут кроме Пипкина не хватает ещё кое-чего. Чего именно? Посмотрите вверх. Озирайтесь по сторонам. Ну?

Мальчики озадаченно присмотрелись.

— Гммм...

— Вам не кажется, мальчики, что здесь всё выглядит чересчур заурядно? Буднично? Без прикрас?

— Горгульи!

Все обернулись, чтобы посмотреть на...

...Уолли Бэбба, который вырядился на Хэллоуин горгульей. Его лицо просияло от озарения.

— Горгульи. Не хватает горгулий.

— Горгульи, — проулюлюкав, произнес Саван-де-Саркофаг, эффектно высунув извилистый язык ящерицы. — Горгульи. Установим? Мальчики?

— Как?
— Думаю, их можно привлечь свистом. Посвистите, чтобы призвать демонов, мальчики, посвистите, чтобы вызвать чудищ, тихонько посвистите, чтобы вызвать свирепое, клыкастое зверье, что маячит во тьме.

Уолли Бэбб сделал глубокий вдох.

— Вот!

Он засвистел.

Все засвистели.

А что же горгульи?

Слетелись гурьбой.

Глава 16

Безработные по всей ночной Европе побежились в беспросветном сне и пробудились.

А потому, что всё древнее зверье, все старые-старые сказки, все ветхозаветные кошмары, все демоны, отставленные за ненадобностью, все ведьмы, брошенные на произвол судьбы, вздрогнули, вздыбились, задрожали от свиста, от приказа, от призыва и, оседлав пылевые вихри, ринулись в путь, рванули в небеса, пулей прошивая кроны деревьев, вброд преодолевали ручьи, вплавь — реки, пронзали облака и прибывали, прибывали, прибывали.

А еще потому, что все отмершие статуи и истуканы, полубоги и божества Европы, лежавшие жутким снежным покровом в развалинах, позаброшенные, заморгали, ожили и повыползали, как саламандры, на дороги, взмыли, как летучие мыши, в небо, засеменили, как дикие динго, в кустарниках. Полетели, понеслись вскачь очертя голову.

Под всеобщий восторг и восхищение, под галдеж мальчишек, которые высунули головы вместе с Саван-де-Саркофагом, своры жутковатых тварей с севера, юга, востока и запада сгрудились у ворот, дожидаясь свиста.

— Облить их, что ли, раскаленным добела расплавленным свинцом?

Мальчики заметили ухмылку Саван-де-Саркофага.

— Конечно, нет, — сказал Том. — Горбун это уже сделал много лет тому назад!

— Ладно, обойдемся без обжигающей лавы. Тогда позовем их свистом наверх?

Все засвистели.

И, покорные зову, своры, стаи, прайды, скопища, сонмища, неистовые потоки чудовищ, монстров, необузданные пороки, опустившиеся добродетели, забракованные святоши, слепая гордыня и пустопорожняя напыщенность поползли вверх слизью, дерзко выбрасывая побеги по стенам Нотр-Дама. Наплыв ночных кошмаров, потоки воплей и шарканья наводнили собор, покрыв коростой все зубцы стены и выступающие вверх камни.

Тут бегали свиньи, там карабкались сатанинские козлища, а на других стенах дьяволы высекали себя заново, сбрасывая старые рога и отращивая новые, сбривая бороды и отпуская червеобразные щупальца усов.

Орды лангустов и неуклюжих взбалмошных каракатиц несли маски и личины, роем карабкаясь на стены, захватывая контрфорсы. Здесь были и головы горилл — злоба и зубы, и человечьи головы с торчащими изо рта колбасами, а в паучьих лапах пританцовывала маска Шута.

Происходило столько всего, что Том сказал:

— Ничего себе! Сколько же всего происходит!

— А сколько еще произойдет! — заверил Саван-де-Саркофаг.

Ведь Нотр-Дам кишмя кишел всякой живностью, ползучими косыми взглядами и масками; тут драконы гонялись за детьми, киты заглатывали Иону и носились колесницы, забитые черепами и костями. Акробаты и жонглеры, изуродованные полудемонами, прихрамывали и падали, замирая в неестественных позах, на кровлю.

Всё это сопровождалось игрой кабанчиков и свиней на арфах и скрипочках, а собаки выдували из волынок музыку, которая завораживала и приманивала к стенам новые толпы несуразиц и недоразумений, которые навсегда попадали в западню каменных ниш.

Вот обезьяночеловек бренчит на лире; бултыхается тетка с рыбьим хвостом. Вот Сфинкс вылетает из тьмы, отбрасывает крыла и превращается в женщину и во льва, половина на половину, и устраивается на века почивать в теньке под гудение колоколов в вышине.

— Кто они? — вскричал Том.

Саван-де-Саркофаг фыркнул, взглянув вниз:

— Ну как же, это Смертные Грехи, мальчики! И беспородный сброд. А вот ползучие угрызения совести!

Все посмотрели, как они ползают. Они ползали весьма изящно.

— А теперь, — прошептал Саван-де-Саркофаг. — Уймитесь. Угомонитесь. Усните.

И всей оравой злобные твари трижды обернулись волчком, как бешеные собаки, и улеглись наземь. Всё зверье остепенилось. Все скорченные рожи окаменели. Все вопли умолкли.

Луна залила светом горгулий Нотр-Дама.

— Ну как, Том, уразумел?

— Вполне. Все старые боги, видения, ночные кошмары, никчемные идеи, оставшиеся не у дел, — мы пустили их в дело. *Призвали сюда!*

— И здесь они останутся на века. Так?

— Так!

Они посмотрели вниз.

Ватага зверья засела на восточной стене.

Свора смертных грехов — на западной.

Лавина кошмаров — на южной.

И веселая компания безродных пороков и замаранных добродетелей — на северной стене.

— Я, — сказал Том, гордый проделанной за ночь работой, — был бы не прочь здесь пожить.

В разверстых клыкастых пастях зверей приглушенно зашипело и засвистело пение ветра:

— Большшшое ссспасссибо.

Глава 17

— Вот тебе раз, — сказал Том Скелтон, стоя на парапете. — Мы посвистели всем каменным грифонам и демонам. А Пипкин опять пропал. Я подумал, может, вызвать его свистом?

Саван-де-Саркофаг рассмеялся так, что его капюшон загудел на ночном ветру, а иссохшие гости загремели под кожей.

— Оглянитесь, мальчики! Он еще здесь!
— Где?
— Здесь, — скорбно простонал голосок издалека.

У мальчишек захрустели спины и шеи от попыток заглянуть вверх, за парапет.

— Ищите и обрящете, парни, поиграйте в прятки!

Даже ведя поиски, они не могли налюбоваться разгулом, который творился на стенах собора, — ужасами и живописным уродством угодивших в западню чудовищ.

Где искать Пипкина в мрачной пучине морских гадов с жабрами, разверстыми, как пасть в застывшем вдохе и вздохе? Где — среди кошмарной нечисти, колоритно высеченной из жёлчных каменьев, вытащенных из ночных охотников и монстров, извергнутых старыми землетрясениями, изрыгнутых бешеными вулканами, остывшими в бреду и ужасе.

— Здесь, — снова раздался издалека знакомый стон.

И на выступе, на полпути до земли, прищурившись, мальчики, кажется, разглядели круглое дьявольски ангельское личико, знакомый глаз, знакомый нос, знакомые дружеские уста.

— Пипкин!

Оглашая здание криками, они добежали вниз по лестницам и темным коридорам до карниза. Далеко-далеко, на ветру, над узким выступом, посреди бездны уродства выделялось благородством маленькое лицо.

Том пошел первым, не глядя вниз, с распростертыми руками. За ним Ральф. Остальные выстроились гуськом.

— Смотри, Том, не свались!

— Не свалюсь. Пип здесь.

И в самом деле, это был он.

Выстроенные в ряд, прямо под выпяченной из камня маской, торсом, головой горгульи, они смотрели вверх на изысканный профиль, великолепно вздернутый нос, нетронутую щетиной щеку, непослушную шевелюру из мрамора.

Пипкин.

— Пип, ты чего там потерял? — окликнул его Том.

Пип молчал.

Его уста были высечены из камня.

— Он же каменный, — сказал Ральф. — Всего-навсего горгулья, высеченная давным-давно, просто похожа на Пипкина.

— Нет, я слышал, как он нас зовет!

— Но как...

Им ответил ветер.

Он подул из-за углов собора высоко над землей. Он засвистел в ушных раковинах и трубным гласом вырвался из распахнутых пастей горгулий.

— А-ах... — прошептал голос Пипкина.

По спинам мальчишек пробежали мурашки.

— О-о-о-о-о, — пробормотали каменные уста.

— Слышите? Вот он! — взволнованно сказал Ральф.

— Тихо ты! — шикнул Том. — Пип? Когда снова подует ветер, скажи, как тебе помочь? Как ты туда попал? Как тебя оттуда снять?

Молчание. Мальчики припали к каменно-скальному фасаду громадного собора.

Затем пронесся новый порыв ветра, заставив их затаить дыхание, и просвистел сквозь высеченные в камне зубы мальчика.

— Не... — промолвил голос Пипа.

— ...все, — прошептал голос Пипа после молчания.

Тишина. Опять подул ветер.

— Вопросы...

Мальчики ждут.

— ...сразу.

— Не все вопросы сразу! — перевел Том.

Мальчишки рассмеялись. Это в духе Пипа.

— Ладно. — Том сглотнул слюну. — Чего тебе понадобилось на этой верхотуре?

Ветер печально подул, и голос доносился, словно со дна старого колодца:

— За пару... часов... побывал... в стольких... местах.

Мальчики ждали со скрежетом зубовным.

— Громче, Пипкин!

Ветер вернулся, чтобы скорбеть в распахнутых каменных устах.

Но ветер улегся.

Пошел дождь.

И стало лучше. Холодные капли дождя падали в каменные уши Пипкина, вытекали из носа, струились из мраморного рта, и он мог членораздельно говорить влажным языком, словами прозрачной дождевой воды:

— Теперь... другое дело!

Из него били ключом туманы и брызги дождя:

— Жаль, вы не были там, где я! Уф! Меня похоронили вместо мумии. Превратили в собаку!

— Мы догадывались, что это ты, Пипкин!

— А теперь вот, — промолвили дождинки в ушах, в носу и мраморных устах, изливавшихся чистым ливнем. — Обалдеть! Ну и ну! Отпад, офигеть — засадили в камень за компанию со сворой чертей и демонов! И через десять минут, как знать, куда я попаду? Ввысь? Или под землю?!

— Куда, Пипкин?

Мальчики толкались. Дождь хлестал так, что еще чуть-чуть — и они оступились бы и упали с карниза.

— Ты умер, Пипкин?

— Еще нет, — сказал холодный дождь у него во рту. — Часть меня в больнице, далеко отсюда. Часть в древней египетской гробнице. Часть на траве, в Англии. Часть тут. А часть... кое-где пострашнее...

— Где?

— Не знаю, не знаю, ах, то я громко смеюсь, то боюсь. Вот сейчас, в этот самый миг,

Канун Дня Всех Святых

я знаю, мне страшно. Помогите, парни. Выручайте, прошу вас!

Дождь лился из его глаз как слезы.

Мальчики как умели дотянулись до подбородка Пипкина. Но не успели они прикоснуться, как...

В небесах сверкнула молния.

Она метнула сине-белый отблеск.

Собор содрогнулся. Мальчикам пришлось хвататься за рога демонов и крылышки ангелов, чтобы не упасть.

Гром и дым. Расщепляются камни.

Лицо Пипкина исчезло, отколотое ударом молнии, рухнуло наземь и разлетелось на куски.

— Пипкин!

Но внизу, на крыльце собора, камни рассыпались искрами и тончайшей пылью — все, что осталось от горгулий. Нос, подбородок, мраморная губа, твердокаменная щека, горящий глаз, тонкое резное ухо — всё-всё обратилось в прах и осколки, подхваченные ветром. Они заметили нечто — призрачный дым от взрыва пороха, влекомый на юго-запад.

— Мексика... — произнес Саван-де-Саркофаг, один из немногих в целом мире, кто умел произносить это слово.

— Мексика? — спросил Том.

— Последнее большое путешествие этой ночи, — сказал Саван-де-Саркофаг, все еще смакуя слоги произнесенного слова. — Свистите, мальчики. Рявкайте, как тигры, ревите, как пантеры, рычите, как плотоядные!

— Рявкать, реветь, рычать?

— Соберите заново Змея, парни, Змея Осени. Склейте снова клыки, и горящие глазищи, и кровавые когти. Призовите ветер, чтобы сшить всё воедино и унести нас высоко, далеко и надолго. Вопите истошно, мальчики, скулите, трубите, кричите!

Мальчики стояли в нерешительности. Саван-де-Саркофаг бегал по карнизу, сталкивая каждого мальчишку кого коленом, кого локтем, словно собирался выламывать штакетник из забора. Мальчишки падали и на лету издавали кто скулеж, кто вопль, кто крик.

Кувыркаясь в холодной пустоте, они чувствовали себя губительно распущенным внизу павлиньим хвостом, налитым кровью глазищем. Десятком тысяч горящих глаз.

Внезапно появившись из-за угла, на котором уселись горгульи, заново сколоченный Змей Осени прервал их падение.

Они ухватились за края, перекладины и крестовины, за бумажную обшивку, натянутую до барабанного дребезжания, лоскуты, обрывки и ошметки смрадной плоти из львиной пасти и затхлой крови из тигриных челюстей.

Саван-де-Саркофаг подскочил и схватился за змея, превратившись в хвост.

Змей Осени парил в ожидании, восемь мальчиков оседлали гарцующую волну клыков и глазищ.

Саван-де-Саркофаг прислушался.

За сотни миль голодные нищие бегали по дорогам Ирландии от дома к дому, прося подаяния. В ночи слышались их голоса.

Их расслышал Фред Фрейер в костюме нищего.

— В ту сторону! Летим в ту сторону!
— Нет. Не время. Слушайте!

За тысячи миль во тьме тикали-стучали молоточки жучков-точильщиков — предвестников смерти.

— Мексиканские гробовщики, — улыбнулся Саван-де-Саркофаг. — На улицах со своими длинными ящиками, гвоздями и молоточками, стучат, стучат, постукивают.

— Пипкин? — прошептали мальчики.

— Мы слышим, — сказал Саван-де-Саркофаг. — Итак, летим в Мексику.

Змей Осени, раскатисто гремя, понес их на гребне тысячемильной волны ветра.

Горгульи, фыркая каменными ноздрями, разверзли мраморные губы и, подвывая в тон ветру, пожелали им счастливого полета.

Глава 18

Они зависли над Мексикой.

Они парили над островом на мексиканском озере.

Заслышали в ночи лай собак издалека. Заметили несколько лодок, которые скользили по залитому луной озеру, как водомерки. Они уловили гитарные переборы и высокий печальный голос поющего мужчины.

Далеко-далеко, в Соединенных Штатах, ватаги детишек, стайки собак бегали, смеялись, тявкали, стучались то в одну дверь, то в другую, сжимая в кулачках заветные мешочки с сокровищами, в телячьем восторге от ночи Хэллоуина.

— Но здесь... — прошептал Том.

— Что — здесь? — спросил Саван-де-Саркофаг, зависнув у его локтя.

— Но ведь здесь...

— И по всей Южной Америке...

— Да, Южной. Здесь и южнее. Все кладбища. Все некрополи...

...мерцают огоньками свечей, подумал Том. Тысяча свечей на этом кладбище, сотня — на том, десяток тысяч потрескивают за сотню миль, пять тысяч миль, до самого края Аргентины.

— Это они так празднуют...

— El Dia de los Muertos. Как у тебя в школе с испанским, Том?

— День усопших?

— Caramba, si! Змей! Демонтируйся!

Спикировав, Змей окончательно распался на части.

Мальчики попадали на каменистый берег тихого озера.

Над водой висела мгла.

Далеко на озере виднелось темное кладбище. Здесь еще не зажгли ни одной свечи.

Из мглы бесшумно возникло долбленое каноэ без вёсел, словно влекомое по водам течением.

На одном конце лодки неподвижно стояла высокая фигура, обернутая в серое полотно.

Лодка мягко уткнулась в травянистый берег.

Мальчики затаили дыхание. Ведь чашу капюшона над фигурой в плащанице заливала лишь тьма.

— Мистер... Мистер Саван-де-Саркофаг?

Они знали наверняка, что это он.

Но он ничего не ответил. Лишь светлячком заискрилась ухмылка под капюшоном. Костлявая рука сделала жест.

Мальчики, спотыкаясь, взошли на борт лодки.

— Ш-ш! — прошептал голос из пустого капюшона.

Фигура повторила жест, и от прикосновения ветра они поплыли по черным водам под ночным небом, усыпанным мириадами невиданных доселе звездных огоньков.

Вдалеке, на темном острове тенькнула гитарная струна.

На кладбище зажглась одна свеча.

Где-то кто-то извлек из флейты одну ноту.

Еще одна свеча зажглась среди надгробий.

Кто-то пропел одно слово из песни.

Третья свеча затеплилась от пылающей спички.

И, чем быстрее плыла лодка, тем больше нот звучало на гитаре и больше свечей зажигалось среди высоких курганов на каменистых пригорках. Дюжины, сотни, тысячи свечей зажглись, и наконец стало казаться, будто великая туманность Андромеды упала с небес и опрокидывается, чтобы уместиться в середине почти полночной Мексики.

Лодка ударилась в берег. От неожиданности мальчики высыпались из нее. Они озирались по сторонам, но Саван-де-Саркофаг исчез. В лодке остался лишь свиток его пелены.

Их позвала гитара. Им пропел голос.

Дорога, словно река белого камня, вела из города, подобного некрополю, в некрополь, подобный... городу!

Ведь город обезлюдел.

Мальчики подошли к низкой ограде кладбища и ажурным железным воротам. Взялись за железные кольца и заглянули внутрь.

— Вот это да, — ахнул Том. — Такого я еще не видел!

Теперь они поняли, почему в городе не оказалось ни души.

Потому что на кладбище яблоку упасть было негде.

У каждой могилы преклоняла колени женщина, чтобы возложить на камень гардении, азалии, ноготки.

У каждой могилы преклоняла колени дочь, чтобы засветить новую или только что задутую ветром свечу.

У каждой могилы стоял тихий мальчуган с блестящими карими глазами и держал в одной руке похоронную процессию из папье-маше, приклеенную к дощечке, а в другой — погремушку-череп из папье-маше, внутри которой перекатывались рисинки или орешки.

— Смотрите, — прошептал Том.

Сотни могил. Сотни женщин. Сотни дочерей. Сотни сыновей. И сотни сотен, тысячи свечей. Все кладбище залито сиянием свечей, словно сюда роями слетелись светляки, которые прослышали о великом скоплении, чтобы здесь поселиться и озарить камни, осветить загорелые лица, темные очи и черные волосы.

— Вот это да, — пробормотал Том под нос, — дома мы никогда не ходим на кладбище, разве что на День поминовения, раз в год, и то после полудня, средь бела дня, и никаких развлечений. А тут одни развлечения!

— Точно! — раздался всеобщий взрыв шепота.

— Мексиканский Хэллоуин лучше нашего!

Ведь на каждой могиле стояли блюда с печеньем в виде священников, или скелетов, или призраков, дожидаясь, что ими полакомятся... Живые? Призраки? Которые нагрянут ближе к рассвету, голодные и позабытые? Никто не знает. Никто не скажет.

И каждый мальчик на кладбище, стоя возле сестры и матери, ставил на могилу макетик похоронной процессии. И они видели сахарного человечка в деревянном гро-

Канун Дня Всех Святых

бике перед крошечным алтарем со свечками. А вокруг гробика стояли мальчики-прислужники при алтаре с арахисовыми головками и глазками, намалеванными на арахисовой скорлупе. И перед алтарем стоял священник с головой из жареного кукурузного зерна с туловищем из грецкого ореха. А на алтаре стояло фото покойника, настоящего человека, которого теперь поминали.

— Все лучше и лучше, — прошептал Ральф.

— Cuevos! — запел голос вдали на холме.

Голоса на кладбище подхватили песню.

Подпирая кладбищенскую ограду, стояли жители деревни кто с гитарами, кто с бутылками.

— Cuevos de los Muertos... — пел далекий голос.

— Cuevos de los Muertos, — пели мужчины в тени ограды.

— Черепа, — перевел Том. — Черепа мертвых.

— Черепа, сладкие сахарные черепа, сладкие сахарные черепа, черепа усопших. — Пение приближалось.

И с холма, во тьме, мягкой поступью спустился горбатый Продавец Черепов.

— Нет, он не горбатый... — сказал Том вполголоса.

— На спине целый груз черепушек, — воскликнул Ральф.

— Сладкие черепа, сладкие сахарно-белые черепа, — распевал Продавец, скрывая лицо под широченным сомбреро. Но сладкий голос принадлежал Саван-де-Саркофагу.

А на длинной бамбуковой жерди на плече на черных ниточках висели десятки сахарных черепов величиной с настоящую голову, и на всех — надписи.

— Имена! Имена! — нараспев говорил старый Продавец. — Назови свое имя, получишь свой череп!

— Том, — назвался Том.

Старик сорвал череп, на котором большими буквами было начертано:

ТОМ.

Том взял свое имя, держа на ладони свой сладкий съедобный череп.

— Ральф.

И был подброшен череп с именем РАЛЬФ, пойманный смеющимся Ральфом. Костлявая рука проворно срывала и подбрасывала в холодный воздух череп за черепом:

ГЕНРИ-ХЭНК! ФРЕД! ДЖОРДЖ! ЗАГРИВОК! ДЖЕЙ-ДЖЕЙ! УОЛЛИ!

Под градом своих черепов с гордыми именами, нанесенными сахаром на каждое белое чело, мальчики визжали и приплясывали. Едва не роняя падающие на них бомбочки.

Стояли, разинув рты, таращились на загробные сладости в липких пальцах.

Из глубины кладбища запело чрезмерно высоко мужское сопрано:

— Роберто... Мария... Кончита... Томáс.
Calavera, Calavera, лакомые сладкие косточки!
Твое имя на сахарно-белом черепе.
Ты бежишь по улице.
Покупаешь из белоснежной горки
               на площади. Покупай и ешь!
Пожуй свое имя! Как тебе угощенье?

Мальчики подняли сладкие черепа.
— Кусни «Т», «О» и «М». Том!
Откуси «Х», проглоти «Э», перевари «Н», поперхнись «К». Хэнк!

Рэй Брэдбери

Аж слюнки потекли. Но что это у них в руках, Яд?

Кто бы мог подумать? Какое удовольствие,
восторг,
Что каждый мальчик поедает ночь, лакомится
тьмой!
Какой восторг! Съешь кусок!
Ну, давай же, откуси от карамельной головы!

Мальчики облизнули сладкие сахарные имена, готовясь было откусить, как вдруг...

— Olé!

Прибежала ватага мексиканских мальчишек, выкрикивая их имена, выхватывая у них черепа.

— Томáс!

И Том увидел, как Томáс убегает, унося его именной череп.

— Э, — сказал Том. — Да он вроде бы похож... на меня!

— Неужели? — не поверилось Продавцу Черепов.

— Энрике! — выкрикнул маленький мальчик-индеец, выхватывая череп у Генри-Хэнка.

Энрике дал стрекача по склону холма.

— Он похож на меня! — сказал Генри-Хэнк.

— В самом деле, — согласился Саван-де-Саркофаг. — Скорее, парни, держите покрепче черепные коробки, посмотрим, что они задумали!

Мальчики вскочили.

Ведь в этот самый миг на нижних улицах города прогремел взрыв. Потом еще и еще. Фейерверк!

Мальчишки бросили прощальный взгляд на цветы, могилы, печенья, яства, черепа на надгробиях, игрушечные похороны, игрушечных покойников, игрушечные гробики, свечи, согбенных женщин, одиноких мальчиков, девочек, мужчин. Затем завертелись и рванули вниз по холму навстречу фейерверкам.

Том, Ральф и все остальные мальчишки в костюмах, запыхавшись, влетели на площадь. Они остановились как вкопанные и принялись пританцовывать, потому что малюсенькие петарды тысячами падали им под ноги. Включилось освещение. Внезапно открылись магазины.

А Томáс, Хосе-Хуан и Энрике, улюлюкая, поджигали и подбрасывали в небо петарды.

— Эй, Том, это от меня, Томáс!

Том увидел, как его же глаза смотрят на него с лица буйного мальчишки.

— Эй, Генри, это от Энрике! Бабах!

— Джей-Джей, это... Бабах! От Хосе-Хуана!

— О-о, это лучший Хэллоуин на свете! — восхитился Том.

Так оно и было.

Ещё ни разу за всё своё безумное путешествие им не довелось столько видеть, обонять, осязать.

В каждом проулке, у каждой двери, на каждом окне лежали груды сахарных черепов с прекрасными именами.

В ночи из каждого переулка доносился перестук молоточков, забивающих гвозди в крышки гробов, словно жуки-точильщики — предвестники смерти били в деревянные тамтамы.

На каждом углу — стопки газет с портретами Мэра, раскрашенного под скелет, или Президента с нарисованными костями,

Канун Дня Всех Святых

или изображена прекрасная дева, выряженная в виде ксилофона, а Смерть играет на ее музыкальных ребрышках.

— Calavera, Calavera, Calavera... — песенка плыла над холмом. — Посмотрите, политиканы схоронены под газетными новостями. ПОКОЙТЕСЬ С МИРОМ со своими именами. Вот она слава!

> Видишь, скелеты жонглируют,
> стоя на плечах друг у дружки!
> Проповедуют, борются, играют в футбол!
> Крошечные бегуны, прыгуны,
> Крошечные скелеты, прыгают и падают.
> Тебе и не снилось, что смерть может
> сморщиться до таких размеров!

И песня была правдива. Куда бы ни посмотрели мальчики, повсюду — крошечные акробаты, эквилибристы, баскетболисты, священники, жонглеры, клоуны, но в виде скелетов, рука об руку, плечом к плечу, и все умещаются на ладони.

А на подоконнике целый крошечный джаз-банд — скелет-трубач, скелет-барабанщик, скелет-тромбонист, не больше столовой ложки, и скелет-дирижер в пестрой шапке, с дирижерской палочкой, а из крошечных духовых инструментов льется тонюсенькая музыка.

Никогда еще мальчикам не доводилось видеть столько... костей!

— Кости! — хохотали все. — О, милые кости!

Песнопение удалялось:

Держи в руках мрачное празднество,
Кусай, глотай и выживай,
Прочь из черного туннеля El Dia de Muerte —
И радуйся, скажи спасибо, что... живой!
Calavera... Calavera...

Газеты в черных рамках порхали на ветру, как белое погребение.

Мексиканские мальчики убегали по холму к своим семьям.

— Как странно, непонятно, — шептал Том.

— Что странно? — спросил Ральф, касаясь его локтя.

— Мы в Иллинойсе забыли, что это значит. В нашем городе этой ночью умерших не вспоминают. Никто не вспоминает. Никому нет дела. Никто не идет к ним посидеть, поговорить. Это и есть одиночество. Вот что печально. А здесь... другое дело. И весело, и грустно. Сплошные петарды и игрушечные скелеты на площади, а на кладбище всех мексиканских усопших навещают семьи с цветами, свечами, пением и леденцами. Почти как на День благодарения, так? И все садятся за стол, но только половина может есть, но это не в счет, главное, они вместе. Это как держаться за руки во время спиритического сеанса с друзьями, но некоторых из них нет с нами. Эх, Ральф.

— Да, — сказал Ральф, кивая из-под маски. — Жаль.

— Эй, смотрите, смотрите, — сказал Джей-Джей.

Все посмотрели.

На вершине кургана из белых сахарных черепов лежал один с именем ПИПКИН.

Дражайший череп Пипкина, но нигде посреди разрывов, пляшущих костей и летающих черепов не было ни малейшего намека, пылинки, стона или тени Пипкина.

Они уже так привыкли к внезапным фантастическим появлениям Пипа то на стене Нотр-Дама, то из золотого саркофага, что не могли дождаться, когда же он выскочит из холмика сахарных черепов, как чертик из табакерки, разбрасывая бинты и выкрикивая скорбные песнопения.

Но нет. Пип не появился. Вот это неожиданность.

А может, никогда уже не появится.

Мальчики поежились. Холодный ветер нагнал туману с озера.

Глава 19

На темной ночной улице из-за угла вышла женщина, неся на плечах сдвоенные чаши тлеющих угольев, насыпанных горкой. На ветру из пышущих жаром розовых холмиков вылетали и рассеивались искры-светлячки. Там, где ступали ее босые ноги, оставался след затухающих искорок. Молчаливо, шаркая ногами, она свернула за угол, в переулок, и исчезла.

Вслед за ней мужчина непринужденно, без усилий нес на голове маленький гроб.

Ящик был сколочен из простой белой древесины. По бокам и сверху были прибиты дешевые серебристые розетки, домотканый шелк и бумажные цветы.

В ящике лежал...

Мальчики вытаращились на похоронную процессию из двух человек. Двое, думал Том. Мужчина и ящик, и нечто внутри.

Высокий мужчина со скорбным лицом, уравновешивая гроб на макушке, прошагал в церковь по соседству.

— Это... — запнулся было Том. — Это снова Пип там, в ящике?

— А как ты думаешь, мальчик? — спросил Саван-де-Саркофаг.

— Не знаю, — всхлипнул Том. — Я только знаю, что с меня хватит. Ночь слишком затянулась. Я всего насмотрелся. Я всё узнал, черт возьми, всё!

— Да! — сказали все, сбиваясь в кучу и дрожа.

— И нам надо домой, разве нет? А Пипкин? Где он? Он жив или мертв? Мы можем его спасти? Он пропал? Мы опоздали? Как нам быть?

— Как! — вскричали все, и те же вопросы вырывались из их уст, стояли в их глазах. Они все ухватились за Саван-де-Саркофага, как бы стремясь выпытать у него ответы, вырвать из его локтей.

Канун Дня Всех Святых

— Как нам быть?

— Чтобы спасти Пипкина? Последнее усилие. Взгляните-ка на это дерево!

На дереве ветер дюжинами раскачивал *пиньяты*[1] — дьяволов, призраков, черепа, ведьмаков.

— Разбейте свою пиньяту, мальчики!

Им вручили палки.

— Лупите!

С шумом-гамом они принялись лупить. Пиньяты полопались.

Из пиньяты-скелета вырвался наружу ливень из тысяч листиков со скелетами. Они обрушились на Тома. Ветер унес прочь листья, скелеты и Тома.

Из пиньяты-мумии вывалились сотни хрупких египетских мумий, взвились в небеса, увлекая за собой Ральфа.

---

[1] Пиньята — (piñata) мексиканская полая игрушка крупных размеров из папье-маше или оберточной бумаги. Пиньяты воспроизводят фигуры животных или геометрические фигуры и наполняются угощениями или сюрпризами для детей (конфетами, хлопушками, игрушками, конфетти, орехами и т. п.).

Рэй Брэдбери

И так каждый мальчик колотил и раскалывал пиньяты, выпуская наружу мелкие гнусные подобия самого себя, и дьяволы, ведьмы, призраки с воплями-визгами хватали мальчишек, и те, кувыркаясь, уносились в небеса, а Саван-де-Саркофаг хохотал им вслед.

Они отскакивали от стен в переулках города. Камнями, блинчиками-лягушками, летели вприпрыжку по поверхности озера...

...чтобы приземлиться кучей-малой коленей и локтей на очередном холме. Они сели.

Они очутились на заброшенном, безлюдном темном кладбище. Только могильные плиты, словно огромные свадебные торты, посыпала сахарной пудрой старая луна.

Они наблюдали, как тихо, непринужденно, стремительно Саван-де-Саркофага приземлился прямо на ноги. Он дотянулся до железной перекладины в земле. Потянул на себя. Заскрежетали петли, и распахнулась дверца люка.

Мальчики подошли к краю большой впадины.

— Кот... — заикаясь, сказал Том. — Котокомбы?

— Катакомбы, — подсказал Саван-де-Саркофаг.

В сухие пыльные недра вела лестница. Мальчики сглотнули слюну.

— Пип там?

— Идите и приведите его, мальчики.

— Он один?

— Нет. С ним еще кое-кто. Кое-что.

— Кто первый?

— Только не я!

Молчание.

— Я, — сказал наконец Том.

Он поставил ступню на первую ступеньку. Погрузился в землю. Еще шаг. И вдруг исчез.

Остальные — следом.

Они спускались по лестнице гуськом, и с каждым шагом темнота сгущалась, и молчание становилось более гробовым, и ночь становилась глуше и чернее, и тени дожидались и склонялись со стен, и странные создания, казалось, ухмылялись им из длинной пещеры, которая ждала в глубине. Летучие мыши висели гроздьями над головой и пищали тонюсенькими голосками, неуловимыми для уха. Только собаки их слышали, приходя в бешенство, лезли вон из шкур и убегали прочь. С каждым шагом отдалялся город, и земля, и все добрые люди на земле. Даже кладбище наверху казалось далеким. Стало тоскливо. И так одиноко, что они чуть не расплакались.

Ибо с каждым шагом вниз по лестнице они на мириады миль отдалялись от жизни, теплой постели, уютных свечек, маминого голоса, папиного кашля в ночи после выкуренной трубки, когда тебе становилось хорошо, потому что ты знал, что он рядом, в темноте, живой, ворочается с боку на бок во сне и способен стукнуть кулаком, если нужно.

С каждым шагом вниз по лестнице они всматривались в длинную пещеру, длинный коридор.

И там находились люди, и они были очень тихими.

Они притихли давно.

Канун Дня Всех Святых

Некоторые умолкли тридцать лет тому назад.

Некоторые умолкли сорок лет тому назад.

Некоторые совершенно умолкли семьдесят лет тому назад.

— Вот они, — сказал Том.

— Мумии? — прошептал кто-то.

— Мумии.

Длинная вереница мумий, прислоненных к стенам. Пятьдесят мумий у правой стены. Пятьдесят — у левой. Четыре мумии дожидаются на дальнем конце во тьме. Сто четыре иссохшие в прах мумии в таком одиночестве, какого они никогда не испытывали при жизни, позабытых-позаброшенных на глубине, вдалеке от собачьего лая и светляков, сладкоголосого пения и гитарных переборов в ночи.

— Ну и ну, — сказал Том. — Вот бедолаги. Я про них слышал.

— Что именно?

— Родные не могли оплатить аренду за могилы, поэтому могильщик выкопал их и выставил здесь. Тут такой сухой грунт, что они превращаются в мумии. Смотрите, во что они одеты.

Мальчики посмотрели и увидели, что некоторые одеты как крестьяне, некоторые как крестьянки, бизнесмены в черных костюмах и даже один матадор в запыленном «костюме огней». Но под одеждой — только тонкие кости да кожа, паутина и пыль осыпаются сквозь ребра, стоит рядом чихнуть или встряхнуть их.

— Что это?
— Ты о чем?
— Шшшш!

Все прислушались.

Вперили взгляды в длинную сводчатую галерею.

Все мумии взглянули пустыми глазницами. Все мумии ждали с пустыми руками.

Кто-то плакал на дальнем конце длинного мрачного коридора.

— Аххх... — раздался стон.
— Оххх... — раздался плачь.
— Ииии... — пропел тонкий голосок.

— Это же... Пип. Я только раз слышал, как он плачет, но это он. Пипкин. Он попал в западню в катакомбах.

Мальчики всмотрелись.

И увидели скорченную фигурку в сотне футов, скрюченную в самом дальнем углу катакомб. Она... шевелилась. Плечи вздрагивали. Она уронила голову и обхватила ее дрожащими руками. А под ладонями — стенающие, искаженные страхом уста.

— Пипкин?..

Плач прекратился.

— Ты? — прошептал Том.

Долгое молчание, дрожащий вздох, и затем:

— ...да.

— Пип, ты что там делаешь?

— Не знаю!

— Выходим?

— Я... я не могу. Боюсь!

— Но, Пип, если ты тут останешься...

Том замолк.

«Пип, — думал он, — если останешься, то навсегда. Наедине с молчанием и с этими неприкаянными. В длинной шеренге, и туристы будут приходить, чтобы поглазеть на тебя, будут покупать билетики, чтобы посмотреть на тебя еще разок. Ты...»

— Пип! — сказал Ральф из-под маски. — Ты должен выйти.

— Не могу, — зарыдал Пип. — *Они* не отпускают.

— Они?

Но мальчики понимали, что он говорит о длинной веренице мумий. Чтобы выбраться, ему придется пробежать сквозь строй кошмаров, тайн, ужасов, страхов и призраков.

— *Они* не могут тебя остановить, Пип.

Пип ответил:

— Нет, могут.

— ...могут... — отозвалось эхо из недр катакомб.

— Я боюсь выходить.

— А мы... — сказал Ральф.

«Боимся заходить», — подумали все.

— Может, выберем одного смельчака... — сказал Том и запнулся.

Пипкин снова заплакал, и мумии ждали, и ночь в длинном погребальном зале была до того черна, что если в него войти и не двигаться, то можно провалиться сквозь пол. Костлявый мрамор пола схватит тебя за щиколотки и не отпустит, пока от ледяного холода ты не превратишься в иссохшую в прах статую на вечные времена.

— Может, зайдем все вместе, ватагой... — предложил Ральф.

И они попробовали сдвинуться с места.

Подобно большому пауку со множеством лап, мальчики попробовали протиснуться в дверной проем. Два шага вперед, шаг назад. Шаг вперед, два назад.

— Аххxx! — стенал Пипкин.

От этих звуков они повалилась наземь, барахтаясь, бросились обратно к двери, крича от страха. Они услышали, как у них в груди больно забарабанил град сердцебиений.

— Черт, что нам делать — он боится выйти, мы боимся войти, что же, что? — запричитал Том.

У них за спиной, всеми забытый, подпирал стену Саван-де-Саркофаг. Улыбка, крошечная, словно огонек свечи, замерцала и погасла сквозь зубы.

— Вот чем вы его спасете, мальчики.

Саван-де-Саркофаг пошарил под своим черным плащом и вытащил знакомый череп из белого сахара, на челе которого было начертано:

ПИПКИН!

— Спасайте Пипкина, парни. Заключите сделку.

— С кем?

— Со мной и кое с кем еще; обойдемся без имен. Ну-ка. Разломите череп на восемь сладких кусочков и передайте по кругу. «П» тебе, Том, «И» тебе, Ральф, половинку второго «П» тебе, Хэнк, другую половинку тебе, Джей-Джей, кусочек «К» тебе, мальчик, другой кусочек — тебе, а вот «И», наконец, «Н». Коснитесь сладких осколков, парни. Слушайте. Итак, страшная сделка. Вам и в правду хочется, чтобы Пипкин выжил?

Какая буря возмущения тут поднялась! Саван-де-Саркофаг аж отшатнулся. Даже тень сомнения в том, что они хотят спасения Пипкина, мальчишки встретили негодующим лаем.

— Ладно, ладно, — успокоил их он, — вижу, вы настроены решительно. Готов ли каждый из вас отдать год своей жизни, мальчики?

Канун Дня Всех Святых

— Что? — Сказал Том.

— Я серьезно, мальчики. Один год. Один драгоценный год в конце выгоревшей, как свеча, жизни. Если каждый из вас внесет один год своей жизни, вы сможете выкупить мертвого Пипкина.

— Год! — от такой ужасной суммы среди них пробежал шепот, бормотание. В голове не укладывалось. Год в далеком будущем. И не год вовсе. Мальчики в одиннадцать-двенадцать не могут рассуждать как в семьдесят. — Год? Год? Да, конечно. Почему нет? Да...

— Подумайте, мальчики! Подумайте! Это не праздная сделка, заключенная с Ником. Я не шучу. Всё взаправду, всё по-настоящему. Вы соглашаетесь на тяжкое условие, идете на тяжкую сделку.

Каждый должен пообещать, что отдаст один год. Конечно, вы не лишитесь года сейчас, потому что еще слишком юны, и, читая ваши мысли, я вижу, что вы не отдаете себе отчета о том, как это кончится. Только впоследствии, пятьдесят лет спустя после этой ночи или шестьдесят лет спустя после этого рассвета, когда вам будет отчаянно не хватать времени и вам понадобится лишний день-два хорошей погоды или удовольствий, к вам заявится мистер С, то есть Страшный Суд, или мистер К, то есть Костяк, и предъявит счет к оплате. А может, приду я, Саван-де-Саркофаг собственной персоной, друг детей, и скажу: «Выполняйте». Обещанный год — это отданный год. Я скажу: «Отдавайте» — и вы обязаны отдать.

— Что это означает для каждого из вас?

— А это означает, что тот, кому отмерен семьдесят один год, умрет в семьдесят лет. Тот, кому суждено прожить до восьмидесяти шести, умрет в восемьдесят пять. Почтенный возраст. Плюс-минус год. Кажется, ничего особенного. Когда настанет ваш черед, вы пожалеете, мальчики. Но зато сможете сказать: «Я достойно потратил этот год — я подарил его Пипу, отдал жизнь взаймы милому другу Пипкину, лучшему яблоку, которое чуть не сорвалось прежде срока с древа урожая». Некоторым придется распрощаться с жизнью в сорок восемь вместо сорока девяти. Кое-кто должен будет уснуть вечным

Канун Дня Всех Святых

сном в пятьдесят четыре, а не в пятьдесят пять. Теперь вы уловили смысл, мальчики? Сложили? Вычли? Простая арифметика! Год! Кто обязуется выложить триста шестьдесят пять полновесных дней из своей души, чтобы вернуть старину Пипкина? Подумайте, мальчики. Молчите. Потом говорите.

Последовали долгие безмолвные раздумья над арифметическими действиями.

Вычисления выполнялись быстро. Обдумывать было нечего, хотя спустя годы они еще, может, пожалеют об этой ужасной спешке. Но что им оставалось? Лишь броситься в воду и спасти утопающего, пока он окончательно не погряз в жутком прахе.

— Я, — сказал Том. — Я отдам год.

— И я, — сказал Ральф.

— Я с вами, — сказал Генри-Хэнк.

— И я! Я! Я! — сказали остальные.

— Вы осознаёте, какое обязательство берете на себя, мальчики? Значит, вы любите Пипкина?

— Да, да!

— Значит, быть посему, мальчики. Пережуйте и съешьте, парни, жуйте и глотайте.

Они набили рты кусочками сахарного черепа.

Пожевали. Проглотили.

— Глотайте мрак, мальчики, отдавайте свой год.

Они сглотнули с таким трудом, что у них глаза загорелись, уши заложило, сердца заколотились.

Они испытали такое ощущение, будто из их тел и грудных клеток вырвались на волю невидимые птицы. Они и видели, и не видели, как годы, отданные в дар, облетели земной шар и легли где-то на счет надежной платой за таинственные долги.

Они услышали крик:

— Эй!

И затем:

— Я!

И затем:

— Иду!

Хлоп, хлоп, хлоп, три слова, и топ, топ, топ, три шага по камням.

И по коридору, вдоль вереницы мумий, которые тянулись, чтобы помешать, но не могли, в гуще беззвучных криков и воплей, сломя голову, как угорелый, напролом, мелькая ступнями, работая локтями, раздувая щеки, зажмурив глаза, фыркая ноздрями, топая, топая, топая по полу, то вздымая, то опуская ноги, бежал...

...Пипкин.

О, как же он бежал!!!

— Смотрите, это он. Поднажми, Пип.

— Пип, ты на полпути!

— Смотрите, как несется! — говорили все ртами, полными карамели с благородным именем «Пипкин» на подслащенных зубах, с его привкусом на челюстях, с его прекрасным именем на языках, Пип, Пип, Пипкин!

— Не останавливайся Пип. Не оглядывайся назад!

— Не споткнись!

— Вот он — прошел три четверти пути!

Великолепный, восхитительный, стремительный, неподдельный Пип принял вызов. Он пролетел между сотней притаившихся в ожидании мумий, не касаясь и не оглядываясь, и выиграл забег.

— Пип, получилось!

— Ты спасен!

Но Пип продолжал бежать. Не только сквозь строй мертвецов, но и сквозь строй теплых, потных, живых, орущих мальчишек. Он растолкал их и бросился наверх и исчез из виду.

— Пип, все в порядке, вернись!

Они побежали наверх, вслед за ним.

— Куда это он, мистер Саван-де-Саркофаг?

— Полагаю, домой, учитывая, как он перепуган, — сказал Саван-де-Саркофаг.

— Пипкин... спасен?

— Пойдем посмотрим, мальчики. Наверх!

Он завертелся вихрем, рассекая воздух распростертыми руками, вращаясь так быстро, что образовалась пустота, буря, циклон, огромная воронка, которая засосала в себя мальчишек, схватив кого за ухо, кого за локоть, кого за ступню.

Как множество листьев, сорванных с дерева, они с воплями унеслись в небеса. Неистовый Саван-де-Саркофаг провалился вверх. И они, если такое возможно, провалились вверх, кувыркаясь, вслед за ним. Они врезались в облака, как залп картечи. Они следовали за Саван-де-Саркофагом, словно стая птиц, устремленная на север, летящая домой раньше срока.

Земля, казалось, сделала оборот с севера на юг. Тысячи деревенек и городов проворачивались внизу, озаренные свечами, мерцающими на кладбищах по всей Мексике и потрескивающими в тыквах севернее границ Техаса, затем в Оклахоме, Канзасе, Айове и, наконец, в Иллинойсе.

— Мы дома! — закричал Том. — Вот здание суда, *наш* дом, Древо Хэллоуина!

Они облетели разок здание суда и дважды — Древо, освещенное тысячей тыкв, и, наконец, обогнули высокий старинный особняк Саван-де-Саркофага со множеством шпилей, комнат, зияющих окон, длинных громоотводов, перил, чердаков, завитков, который накренился, закряхтев от ветра, поднятого их прилетом. Прах приветственно заструился из оконных проемов. Тени затрепетали в оконцах, словно языки, высунутые для осмотра крошечными лекарями с таинственными снадобьями, принесенными ветром. Призраки увяли, как белые цветы, сворачиваясь и разворачиваясь, подобно трухлявым флагам, которые рассыпались в тот же миг, как они пронеслись мимо.

А весь особняк стал воплощением Хэллоуина. Так возвестил Саван-де-Саркофаг, размахивая причудливыми руками, паутинками и черными шелками, приземлившись на крышу, призывая мальчиков последовать его примеру, и показал огромное сквозное окно-шахту через все этажи.

Мальчики окружили устье шахты и обратили взоры вниз, в лестничный колодец, который соединял разные этажи, разные эпохи и судьбы людей и скелетов, под жутковатую музыку, исполненную на флейтах-костях.

— Вот мы и здесь, мальчики. Хотите взглянуть? Видно? Перед вами весь наш полет длиною десять тысяч лет, все наше странствие в одном месте, от пещерного человека до Египта и Рима, от тучных английских полей до мексиканских некрополей.

Саван-де-Саркофаг поднял огромную створку из стекла.

Канун Дня Всех Святых

— На перила, мальчики. Съезжайте! В свои эпохи, века и этажи. Спрыгивайте там, где уместен ваш костюм, где вы, ваши одеяния и маски придутся ко двору! Марш!

Мальчики спрыгнули на верхнюю лестничную площадку. Потом один за другим оседлали перила и проехались с улюлюканьем по всем этажам, уровням, историческим эпохам, уместившимся в несусветном особняке Саван-де-Саркофага.

Вниз-вниз-вниз по спирали съезжали они, соскальзывая и ерзая, по вощеным перилам.

Рррр-бум! Джей-Джей в пещерном костюме приземлился в подвале. Огляделся. Увидел наскальные рисунки, тусклые дымы и огни, тени неуклюжих гориллочеловеков. Саблезубые тигры таращились на него горящими глазищами из обугленной черноты.

Вниз по кругу спустился Ральф, мумифицированный египетский мальчик, забинтованный на вечные времена, очутившись на первом этаже среди ратей египетских иероглифов, горделивых символов, стай древних птиц, небесных и звероподобных божеств

175

и снующих золотых жуков, перекатывающих навозные шарики на протяжении всей истории.

Шандарах! «Загривок» Нибли с косой в руке, все еще каким-то образом сверкающей, загремел и чуть не изрубил себя в фарш на втором этаже, где тень Самайна, друидского бога мертвых, занесла косу на стене дальнего зала!

Бах! Джордж Смит — греческий призрак? римское привидение? — высадился на третьем этаже возле крылечек, замаранных дегтем, чтобы старые бродячие духи умерших прилипали к порогу дома!

Бух! Генри-Хэнк, он же Ведьмак, плюхнулся на площадку четвертого этажа в гущу ведьмаков, перепрыгивающих через костры в английской, французской, немецкой глубинке!

Фред Фрейер? Его — Попрошайку — целиком поглотил пятый этаж среди бормотания голодающих попрошаек, нищенствующих на дорогах Ирландии.

Уолли Бэбб, Горгульи собственной персоной, прилетел и грохнулся на шестом этаже, где на стенах проступали локти, конечности и гримасы горгулий, пребывавших в хорошем настроении и расположении духа.

Наконец, Скелета-Тома занесло юзом с перил на самый верхний этаж, и он кубарем закувыркался среди теней согбенных женщин у могильных холмиков, с крошечными джаз-бандами скелетиков, исполняющих комариный писк, и тут Саван-де-Саркофаг, еще выше, на кровле, прокричал вниз:

— Ну, мальчики, теперь видите? Всё сводится к одному и тому же, так?

— Так... — пробормотал кто-то.

— Всегда то же самое, но по-разному, да? В свою эпоху, в свое время. День всегда заканчивался. Ночь всегда наступала. А ты, Пещерный человек, и ты, Мумия, разве вам не было боязно, что солнце больше никогда не взойдет?

— Дааа, — прошептали все.

И они взглянули вверх, сквозь этажи большого дома, и увидели каждую эпоху, каждую судьбу, всех людей, провожающих солнце глазами, когда оно всходило и заходило. Пещерные люди дрожали. Египтяне громко причитали. Греки и римляне выставляли напоказ усопших. Лето умирало. Зима укладывала лето в могилу. Мириады голосов скорбели. Ветер времен сотрясал огромный дом. Окна дребезжали и осыпались градом хрустальных слез, подобно человеческим глазам. Затем радостными возгласами десяток тысяч раз миллионы людей встречали возвращение яркого летнего солнышка, озарявшего огнем каждое окно!

— Ну, мальчики, теперь видите? Подумайте! Люди исчезали навсегда. Умирали, о боже, умирали! Но возвращались во сне, ночными видениями. Поэтому их называли привидениями, которых люди боялись во все времена...

— Ах! — простонали миллиарды голосов из чердаков и подвалов.

Тени карабкались по стенам, как в старых фильмах, прокрученных обратно в древних синематографах. Клубы дыма маячили в дверных проемах с печальными глазами и бормочущими ртами.

— День и ночь. Лето и зима, мальчики. Время сева и урожая. Время жизни и смерти. Вот что такое Хэллоуин — всё свернуто в один свиток. Полдень и полночь. Рождение, парни. Опрокидывание на спину, притворяясь мертвыми, как собачки, мальчики. И вскакивание с лаем и беготней сквозь тысячи лет смерти; каждый день и каждую ночь — Хэллоуин, парни; каждую ночь, каждую божью ночь — тьма и ужас. Но вот наконец вы скрылись-спрятались в городах и можете вздохнуть, перевести дух.

— И вы стали жить дольше, и у вас стало больше времени, чтобы оттянуть смерть, забыть страхи, и, наконец, у вас каждый год появлялись особые дни, когда вы думаете о ночи и рассвете, о весне и осени, о рождении и смерти.

— И всё складывается воедино. Четыре тысячи лет назад, сто лет назад, в этом году, может, там, может, тут, но празднества все равно те же самые...

— Пиршество Самайна...

— Время Мертвых...

— День Всех Душ. День Всех Святых.

— День Усопших.
— El Dia De Muerte.
— День Всех Святых.
— Хэллоуин.

Мальчики вознесли свои слабенькие голоса вверх, сквозь этажи времени, из всех стран и эпох, выкликая названия тех же самых празднеств.

— Хорошо, парни, хорошо.

Вдалеке городские часы пробили без четверти двенадцать.

— Без малого полночь, мальчики. Хэллоуин почти закончился.

— Но! — вскрикнул Том. — Как же Пипкин? Мы прошли вслед за ним сквозь историю, и хоронили его, и откапывали, и несли в погребальной процессии, и оплакивали на поминках. Так он жив или не жив?

— Дааа! — подхватили все. — Так мы его спасли?

— В самом деле, спасли или нет?

Саван-де-Саркофаг стал всматриваться. И остальные начали внимательно всматриваться вместе с ним за Овраг, в дом, в котором гасли огни.

— Это больница, мальчики. Но надо бы зайти к нему домой. Последний стук в дверь этой ночью, последние великие пакости или сладости. Отправляйтесь на поиски окончательных ответов. Мистер Марли, проводите их к выходу!

Парадная дверь распахнулась настежь... бах!

Голова Марли на дверном молотке разинула свои перевязанные челюсти и посвистела на прощание мальчишкам, съезжающим по перилам и бегущим к выходу.

И напоследок их остановил окрик Саван-де-Саркофага:

— Парни! Так что это было? Ночью, в моей компании — пакости или *сладости*?

Мальчики сделали глубокий вдох, задержали дыхание и шумно выдохнули:

— Что вы, что вы, мистер Саван-де-Саркофаг, — и то и *другое*!

Лязгнули челюсти Марли на дверном молотке!

Громыхнула дверь!

И мальчишки рванулись, понеслись вниз, потом вверх по Оврагу, по улице, изрыгая клубы горячего пара, роняя и расплющивая маски, и наконец очутились на тротуаре Пипкина, поглядывая то на далекую больницу, то на дверь Пипкина.

— Иди вперед, Том, — сказал Ральф.

И Том медленно приблизился к дому и поставил ногу на первую ступеньку, потом на вторую и подошел к двери, боясь постучаться, боясь узнать окончательный ответ о старине Пипкине. Пипкин умер? Пипкина хоронят в последний раз? Пипкин, Пипкин ушел навсегда? Нет!

Он постучал в дверь.

Мальчики ждали на тротуаре.

Дверь отворилась. Том вошел. Потянулось тягучее ожидание на пронизывающем ветру, который холодил самые жуткие мысли мальчишек.

«Ну? — беззвучно вопили они перед домом, перед запертой дверью, темными окнами. — Ну? Ну же? Что?»

Наконец дверь снова отворилась, и Том вышел и остановился, не понимая, где находится.

Канун Дня Всех Святых

Затем Том поднял глаза и увидел товарищей, дожидающихся где-то за миллион миль.

Том соскочил с крыльца и закричал:

— О боже, о боже, о боже!

Он летел по тротуару и орал:

— Он здоров, он в порядке, здоров! Пипкин в больнице! Сегодня в девять вечера ему вырезали аппендикс! Успели вовремя! Доктор говорит, с ним все хорошо!

— Пипкин?..

— В больнице?..

— Все хорошо?..

Воздух вырвался из них, словно от удара в живот. Затем воздух снова вошел внутрь и был исторгнут наружу неистовым воплем восторга.

— Пипкин, о Пипкин, Пип!

И мальчики стояли на лужайке Пипкина, перед крыльцом и домом Пипкина, и с оцепенелым любопытством разглядывали друг дружку, расплываясь в улыбке, и их глаза увлажнились, и они заорали, и от счастья слезы потекли по щекам в три ручья.

Дым, который курился из высоченной готической трубы Саван-де-Саркофага, задрожал, задвигался и помахал им в ответ.

И опять хлопали и запирались двери по всему городу.

И с каждым хлопком на Древе Хэллоуина одна за другой, одна за другой, одна за другой задувались тыквы. Дюжинами, сотнями, тысячами двери хлопали, тыквы слепли, угасшие свечи источали сладостный дымок.

Ведьмак нехотя зашел, захлопнув дверь.

Угасла тыква с личиной Ведьмы на Древе.

Мумия переступила порог дома и захлопнула дверь.

Тыква с ликом мумии погасла. Наконец последний мальчик в городе остался в одиночестве на веранде, Том Скелтон, в черепе и костях, отчаянно не желая заходить, желая выжать свой любимый праздник в году до последней драгоценной капли, направил свои мысли по ночному небу к дому за Оврагом:

— Мистер Саван-де-Саркофаг, кто ВЫ?

И мистер Саван-де-Саркофаг, в вышине, на крыше, отправил ему свои мысли в ответ:

— Думаю, ты и сам уже догадался; наверняка догадался.

— Мы еще встретимся, мистер Саван-де-Саркофаг?

— Да, через много лет, я приду за тобой.

И на прощание Том подумал:

— О, мистер Саван-де-Саркофаг, мы КОГДА-НИБУДЬ перестанем бояться ночи и смерти?

И получил ответ:

— Когда ты достанешь до звезд, мальчик, да, и заживешь вечно, все страхи улетучатся, и сама Смерть умрет.

Том прислушивался, услышал и молча помахал рукой.

Вдали мистер Саван-де-Саркофаг поднял руку.

Щелк. Дверь Тома захлопнулась.

Его тыква а-ля череп на огромном Древе чихнула и погасла.

Погруженное во тьму огромное Древо Хэллоуина, на котором оставалась всего одна освещенная тыква, задрожало на ветру.

Тыква с глазами и ликом мистера Саван-де-Саркофага.

На крыше дома мистер Саван-де-Саркофаг склонился, вдохнул и подул.

Его свеча в тыкве на Древе затрепетала и погасла.

Каким-то чудом дымок заструился из его рта, носа, ушей, глаз, словно его душу затушили в легких в тот самый миг, когда душистая тыква рассталась со своей ароматной душой.

Он погрузился в недра дома. Люк на крыше затворился.

Мимо проходил ветер, раскачал все темные дымящиеся тыквы на необъятном и прекрасном Древе Хэллоуина. Ветер подхватил тысячу черных листьев и развеял по небу и по земле в сторону солнца, которое еще непременно взойдет.

Подобно городу, Древо погасило свои тлеющие улыбки и уснуло.

В два часа ночи ветер вернулся за новой охапкой листьев.

Оглавление

Глава 1 8
Глава 2 15
Глава 3 20
Глава 4 25
Глава 5 34
Глава 6 46
Глава 7 51
Глава 8 58
Глава 9 64
Глава 10 69
Глава 11 82
Глава 12 88
Глава 13 96
Глава 14 104
Глава 15 115
Глава 16 123
Глава 17 129
Глава 18 139
Глава 19 155

Все права защищены. Книга или любая ее часть не может быть скопирована, воспроизведена в электронной или механической форме, в виде фотокопии, записи в память ЭВМ, репродукции или каким-либо иным способом, а также использована в любой информационной системе без получения разрешения от издателя. Копирование, воспроизведение и иное использование книги или ее части без согласия издателя является незаконным и влечет уголовную, административную и гражданскую ответственность.

Литературно-художественное издание

POCKET BOOK (обложка)

Рэй Брэдбери
КАНУН ДНЯ ВСЕХ СВЯТЫХ

Ответственный редактор *М. Яновская*
Младший редактор *А. Кузина*
Художественный редактор *С. Костецкий*
Технический редактор *О. Лёвкин*
Компьютерная верстка *Г. Клочковой*
Корректор *Н. Яснева*

Страна происхождения: Российская Федерация
Шығарылған елі: Ресей Федерациясы

ООО «Издательство «Эксмо»
123308, Россия, город Москва, улица Зорге, дом 1, строение 1, этаж 20, каб. 2013.
Тел.: 8 (495) 411-68-86.
Home page: www.eksmo.ru E-mail: info@eksmo.ru
Өндіруші: «ЭКСМО» АҚБ Баспасы,
123308, Ресей, қала Мәскеу, Зорге көшесі, 1 үй, 1 ғимарат, 20 қабат, офис 2013 ж.
Тел.: 8 (495) 411-68-86.
Home page: www.eksmo.ru E-mail: info@eksmo.ru.
Тауар белгісі: «Эксмо»
Интернет-магазин : www.book24.ru

Интернет-магазин : www.book24.kz
Интернет-дүкен : www.book24.kz
Импортёр в Республику Казахстан ТОО «РДЦ-Алматы».
Қазақстан Республикасындағы импорттаушы «РДЦ-Алматы» ЖШС.
Дистрибьютор и представитель по приему претензий на продукцию,
в Республике Казахстан: ТОО «РДЦ-Алматы»
Қазақстан Республикасында дистрибьютор және өнім бойынша арыз-талаптарды
қабылдаушының өкілі «РДЦ-Алматы» ЖШС,
Алматы қ., Домбровский көш., 3«а», литер Б, офис 1.
Тел.: 8 (727) 251-59-90/91/92; E-mail: RDC-Almaty@eksmo.kz
Өнімнің жарамдылық мерзімі шектелмеген.
Сертификация туралы ақпарат сайтта: www.eksmo.ru/certification
Сведения о подтверждении соответствия издания согласно законодательству РФ
о техническом регулировании можно получить на сайте Издательства «Эксмо»
www.eksmo.ru/certification
Өндірген мемлекет: Ресей. Сертификация қарастырылмаған

Дата изготовления / Подписано в печать 26.12.2022. Формат 76x100$^{1}/_{32}$.
Гарнитура «NewStandardC». Печать офсетная. Усл. печ. л. 8,44.
Доп. тираж 3000 экз. Заказ Э-15650.
Отпечатано в типографии ООО «Экопейпер».
420044, Россия, Казань, пр. Ямашева, д. 36Б.